台灣後現代詩的理論與實際

孟樊◎著

序

我在上一本書《後現代的認同政治》的序文中曾宣告，該書是我向後現代正式告別之作；事隔一年多，不到兩年時間，怎料才在它下一本書又馬上向後現代復歸了，眞的是自打嘴巴。後現代還未變成幽靈之前，好像就要和我形影不離、陰魂不散了，不被貼上後現代派標籤那才奇怪！

本書之所以成形，變成這樣一本學術性論著，緣起於世新大學英語系於二〇〇一年十月召開的一場「台灣現/當代詩史書寫研討會」，我應邀在該會上提交一篇有關「一九八〇/九〇年代後現代時期新詩」的論文，在寫作的過程中，我即有意將此文擴大發展成一篇後現代詩史（台灣新詩發展史中的一段斷代史）的論述——這篇論文也成爲該會主辦者陳鵬翔、古添洪等人擬主編出版的一部《台灣新詩史》的一章。這篇論文後來為了配合該書撰寫的體例要求，曾做了相當幅度的調整及修正，主要是刪掉更純的「後現代味」，同時兼容並蓄，納進其他不是後現代的代表性詩人及詩作，因為陳、古二人要我負責的是八〇／九〇年代這一段歷史時期，儘管其主調被他們定位為「後現代時期」，但這一時期的重要詩人及詩作不只是後現代詩人與詩作而已，如果把其他代表性詩人與作品剔除不談，便失之偏頗了。

這篇論文稍後促成了我撰寫這本書的動機。理由很簡單：既然有了這樣的「起頭」，何不再擴大發展成一本有關後現代詩的專論？雖然不少觀點我已在〈台灣後現代詩的理論與實際〉一文（此文後來收入《當代台灣新詩理論》一書中）裏曾加以闡述，但由於一來其中仍有「意猶未盡」之處，二來自該文發表後期間已歷十多載，晚出的後現代詩作與相關的論述亦有可觀哉，值得再論，好為這一段發展的歷史作個總結。好生為難的是，當初那篇與本書同名的論著是否要一同收入，讓它顯得更加「齊備」？游喚、陳義芝等友人便幫我出過這個主意。左思右想之下，我最後還是沒把它收到本書來，原因是：第一，我不想炒冷飯；第二，我也不想對不起掏錢支持我的讀者。尤其是後面這一點，我曾在出版社工作多年，更能體會買書人的這種心理。

本書中我沒準備要回應詩壇對我的批評——其實主要還是來自奚密針對我上文的一些論點

所做的指摘。我認爲，對同一文本的解讀，本來就是見仁見智，難有絕對的定論可言，引發奚密不同的「異聲」，我當然也有一大堆反駁的理由；不過，眞理本來就不會愈辯愈明，何況到底有無眞理還是一個未知數（像陳芳明和陳映眞在《聯合文學》上吵了一大架之後，也不見誰說服誰，彼此不過把自己的立場藉此申明得更清楚一些罷了）；更且，我這天秤座的個性，即便下筆犀利，但從來沒有霸氣，對於奚密的指教也就不再回應了。二〇〇一年年杪，我在北京一個現代漢詩的研討會上與她首次相逢，彼此不僅沒有拔刀相向，反倒成了朋友。

在付梓之前，我曾一度考慮按一般學術書出版習慣排橫排，然而橫打出來的詩例恐將因此而失眞，蓋台灣新詩創作向以直式行文（不像中國大陸詩壇習以橫排書寫），例如拙作〈城堡〉一詩，原詩以直排示象，在以橫排出版的《當代台灣新詩理論》中引做詩例出現時，原味便大大走樣。有鑑於此，本書在最後付梓時，決定直排。這是附帶一提的地方。

本書是我轉行踏入學術界執起教鞭之後的第一本書，供職於佛光人文社會學院文學所兩年多來，神清氣爽，頗有文思，儘管停掉多年寫作不輟的副刊專欄。礁溪林美山上，風景秀麗，俯望綠意盎然的蘭陽平原以及湛藍的太平洋，聆聽文學所同學朗朗讀書聲，再愜意不過。本書有文學所師生共同的期待，在此獻給他們，願彼此共勉。

目錄

導論

一、後現代不成派

屈指算來，後現代詩在台灣詩壇肇始以來，已有二十年時間；而與其有關的論述，自一九八〇年代中葉濫觴至今，亦有四分之一甲子，就當代文學思潮的演變——越晚近有越快速的趨勢——而言，也足夠構成一個歷史分期了（a period/an age）。一九八〇年代初起之時的後現代詩，其實不如預期之兇猛，但還是被老派的現代主義者及寫實主義者視爲洪水猛獸。不似之前六〇及七〇年代的現代主義與寫實主義那般席捲台灣詩壇（老中青三代全受到影響，憤筆疾書），舊世代及中壯輩詩人對後現代主義雖非無動於衷，卻也不屑爲之，除了發爲論述文字對之冷嘲熱諷兼而發發牢騷之外，幾乎無人願意和它沾一點邊以至於攀親帶故。例如葉維廉對它質疑的態度（見本書第一章），即堪稱代表。誠如本書第一章所說，扛舉後現代大纛的主要是新世代詩人——除了少數幾位中壯輩詩人如羅青、陳黎者流。

以後現代大旗迎向二十世紀末的年輕詩人，如林燿德所言，不無有向老中世代叫陣的意味，挑戰主流詩人的文化霸權（hegemony）。惟老中世代詩人向喜「結黨營私」——這似乎是紀弦從中國大陸帶來的老把戲，以及一九四〇年代銀鈴會留下來的「積習」——擅以詩社成群結黨構成文學社團的文化霸權，而以創世紀和笠詩社做為「南北雙霸天」的代表；新世代詩人雖也曾沾染這種積習，但結社之事，總是旋起即滅，充其量只能做爲叫陣的灘頭堡，卻不足以成為一座座城牆鞏固的堡壘，很多年輕詩人即如同散兵游勇一樣，四處攻城掠地，擅打他的游擊戰。年輕的後現代詩人尤其如此。正因為這樣，在後現代到處煽風點火之餘，卻總是得不到老中世代主流詩人「關愛的眼神」。台灣的後現代詩人不喜「結黨營私」，未能形成集結的力量，正為其弊之處。

拿後現代詩的大本營美國詩壇來說，情況就大不相同了。崛起於一九五〇年代而後興盛於六〇及七〇年代的美國後現代詩，就如布特瑞克（George F. Butterick）和艾倫（Donald Allen）在他們二人合編的《後現代（詩）》（*The Postmoderns: The New American Poetry Revised*）詩選的序文中所指出的，這些美國後現代詩其實包括各種門派（所以書名「後現代」

一字後面冠上複數），諸如投射詩派（projectivists）、地下詩派（the poetic "underground"）、紐約詩派（the New York School），舊金山文藝復興派（the San Francisco Renaissance）或敲打的一代（the Beat Generation）等（1982: 9），都可歸類在後現代詩的大本營裏，由此不難窺見其詩作之複雜性。他們不僅成群結黨，而且還有幾個主要的發表刊物，包括：《起源》（*Origin*）、《黑山評論》（*Black Mountain Review*）、早期的《長青評論》（*Evergreen Review*）、《尤金》（*Yugen*）、《庫爾雀》（*Kulchur*）、《浮熊》（*Floating Bear*）、《C》（*C*）、《幹／藝術雜誌》（*Fuck You / A Magazine of the Arts*）、《毛毛蟲》（*Caterpillar*）、《世界》（*The World*）等。不惟如此，這些後現代詩人還擁有一些小出版社諸如夾槓（Jargon）、城市之光（City Lights）、白兔（White Rabbit）、圖騰（Totem）、哥林斯（Corinth）、奧芳（Auerhahn）、四季（Four Seasons）、黑痲雀（Black Sparrow）以及灰狐（Grey Fox）等出版社的支持，出版其詩集或詩選（*ibid.*）。

有集結（aggregation）才有力量。美國後現代詩之所以能成爲詩壇主流，咸信與上述集團性力量之形成不無關係。反觀台灣詩壇的後現代詩人，一來他們從未結合成旗幟鮮明的後現代詩社；二來也無固定出版的詩刊可發表；三來更乏出版社奥援以支持其詩集或詩選的出版

（多半是詩人自費出版，如夏宇、林群盛、田運良等）。緣於此故，在台灣並無所謂「後現代派」，而只有後現代詩人及其詩作。然而也就因爲不存在後現代派，後現代詩（及其相關的論述）所展現的力量遠不如美國的後現代詩，在一九八〇及九〇年代它崛起及盛行的時期，仍不能構成詩壇的主流，例如笠詩社（詩刊）對它從來就無動於衷，老一輩的創世紀、藍星詩人也不見有人投入（零星之作例外）。縱然如此，它仍然是這一時期唯一的「高音」，色彩鮮明，地位突出，令人側目，如同本書第一章所指出的，構成了這一歷史階段使詩史向前推展的一個主要動因與力量。

二、後現代詩的主要特徵

爲何說後現代詩仍爲此一時期令人振奮的唯一「高音」？主要的理由是：它的表現迥然不同於以往，而不同的最大特點在——它幾乎是衝著象徵（symbolism）來的，也就是它敵視象徵，而象徵乃是之前的現代主義（用得較多）與寫實主義（用得較少）「吃飯的飯碗」，簡言之，無象徵即無詩。象徵手法講究以象表意，所以特別強調意象的運用，換言之，詩人自身的情感、思想、經驗（即「意」）需要尋求一客觀對應物（objective correlative）（即「象」）

予以表現，也就是艾略特（T. S. Eliot）所說的：

> 用藝術形式表現情感的唯一方法是尋找一個「客觀對應物」；換句話說，是用一系列實物、場景、一連串事件來表現某種特定的情感；要做到最終形式必然是感覺經驗的外部事實一旦出現，便能立刻喚起那種情感。（1989: 13）

這一「客觀對應物」落實於詩作中，就是要致力找到思緒和情感的狀態「在文字上的對應物」。

然而，後現代詩人則反是，他們不像創世紀、藍星、笠、葡萄園等老中世代詩人，汲汲營求情思的客觀對應物，以象適意；他們使用的白描句法、口語化語言（如羅青、林燿德），不像本土派的寫實主義者有著「沉重的負擔」（存在主義的淺白版），雖然他們也「嘻笑怒罵」（遊戲味道的嘲諷）。嚴格說來，反象徵即反詩，象徵長久以來幾成爲詩的必要素質；從這一角度來看，你可以說，後現代詩比寫實詩更不像詩。

這就要進一步去反省：爲什麼後現代詩人敵視象徵？一言以蔽之，係因其遊戲態度使然。這一點和中國大陸「朦朧詩後」韓東、于堅、歐陽江河、李亞偉那一代所謂「後現代轉型」世代所顯現的「話語災變」極爲類似，其離經叛道的語言，一反溫文爾雅的古典詩美，而它的膽大妄爲則係出自狂歡和遊戲的精神。陳旭光在他爲後現代詩人編選的《快餐館裡的冷風景——詩歌詩論選》一書中的前言中即談到：

> 貫穿於這些語言實驗者和反叛者始終的，是一種強烈的言語的「狂歡」和「遊戲」的精神。「狂歡」和「遊戲」豐富地涵蓋了不確定性、支離破碎性、非原則化、無我性、反諷、種類混雜等等。其意義，自然在於那種典型的後現代主義式的顛覆和解構的精神。（1994: 8）

陳旭光此說同時亦說明了台灣後現代詩所呈現出來的遊戲精神；因爲出以遊戲的態度，台灣後現代詩不僅反寫實，也反存在（存在主義的存在），當然也是反康德、反黑格爾的。他們向巴特（R. Barthes）、德希達（J. Derrida）看齊，讓語言還原爲語言本身，於是意指（signified）和意符（signifier）脫鉤，意找不到象，象徵終無所「徵」，意符（或符徵）脫離意指獨立，自由嬉戲，就像陳黎在「舉重課」練習他的腹語；而夏宇也另創其獨樹一格、別無分號的「腹語術」。

三、本書寫作構想

遊戲的創作精神，在詩壇自然而然引發不少議論，一九九〇年代以來，圍繞著後現代這一主題的相關論述陸續出現，這裏面當然包括有各種不同的正反立場（詳見本書第二章），不論其是否眞正瞭解所謂的「後現代主義」。這些斷斷續續出現的各式議論，終究也未形成眞正的論戰，彼此更未見交鋒，而是形成各說各話的局面。嚴格而言，在台灣始終未見有所謂的「後現代論戰」；其實不獨後現代爲然，一九九〇年代以來，連整個的文壇也看不到在此之前那種大型的論戰（這是不是亦爲文學日趨沒落的另一種象徵？）。

文學思潮及典範的變遷，在文學史發展的長河中，是極其自然的，也爲吾人可預期之事，所以後現代之後必有後後現代（雖然屆時也許會換另一個新詞來稱呼），沒什麼好大驚小怪，一九八〇年代末在拙作《後現代併發症》中即曾做過這樣的期待（1989: 150）。如今十年忽忽已過，這期間相關的文學思潮如女性主義、後殖民主義、酷兒理論（queer theory）等，相繼現身台灣文壇，不過，詩壇受到的波及程度較小（可參看本書第一章的分析）。縱然如此，這些相關的文學思潮，包括理論與創作，從某種程度言，均與後現代主義脫離不了關係，此所以古添洪、陳鵬翔等人要將一九八○／九○年代定調為「後現代時期」（見本書序文）。只是截至目前為止，吾人的預期尚未為真，後後現代（post-postmodern）那一波思潮／典範仍未出現。

雖然後後現代尚未「啓動」，然而，平心而論，歷史走至今天，後現代恐怕也再搞不出什麼新花樣了——這本來就是文學典範嬗遞變革的自有之道。正因為如此，這一段後現代詩史除了應予以該有的正名外，也須有史家予以重新檢視，做個總結，這是本書第一章落筆的由來，而其撰述立場則是返自後現代來看後現代，惟其採取的是廣義的後現代角度。此其一。如前所述，自後現代現身以來，正反意見紛紛擾擾，發為不同的論述，相互頡頏者有之，彼此附和者亦有之，如今回顧實有加以釐清的必要，而這也反映了台灣詩壇對於後現代主義的理解到什麼程度，本書第二章對此做了較為全面的爬梳與檢討。此其二。至於後現代詩作的深入檢視，自屬必要，畢竟詩人之筆並非千篇一律，詩作也呈現出各展千秋的局面，可從不同的面向切入。關於這一部分，與這本書同名的拙著〈台灣後現代詩的理論與實際〉長文中，已有論及；且在第一章詩史的檢討中也做了例證的分析，第三章遂專門針對最為「困難」——也可說是最後現代的語言詩（language poetry）深入探討，俾得理論與創作兼顧，而讓本書的寫作不偏一隅。此其三。

二十一世紀伊始，歷史已翻新頁，但底下這一頁將會出現什麼內容，將視台灣詩人及評論家如何書寫。我們已不再目眩於後現代這一「快餐館裏的冷風景」，然而，在快步走出這一幅「冷風景」之後，將會瞧見什麼樣的光景，咱們拭目以待。

總論／歷史篇

第一章

台灣後現代詩史

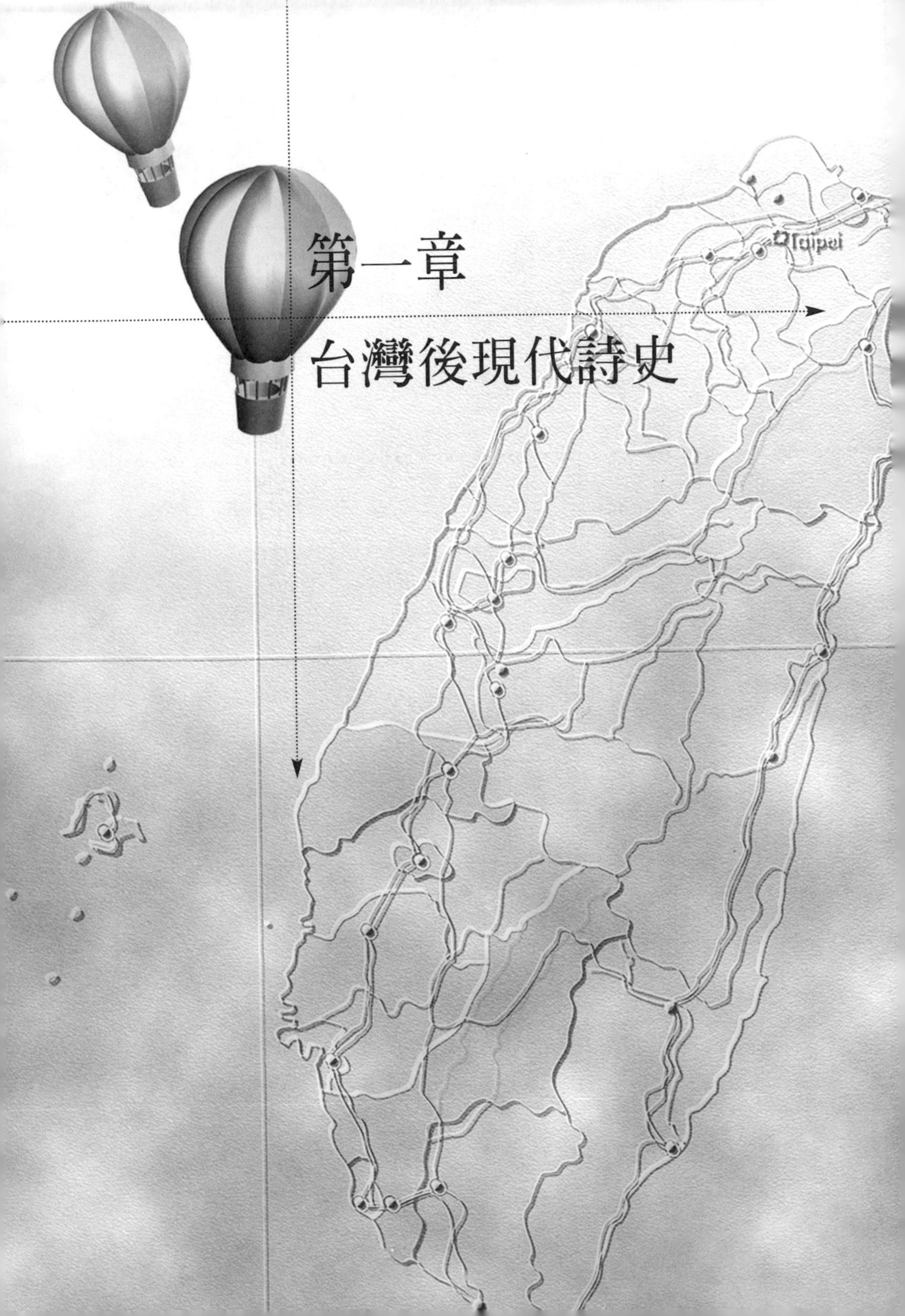

第一節　主流論述的史觀

台灣詩史的演變，走到了八〇／九〇年代，又翻了新頁。這新起的一頁，究竟和以往有著什麼樣的不同面貌？

歷史不純然是事實，也不純然是虛構。底下新翻的這一頁台灣詩史，亦當做如是觀。說它不盡然是事實是，歷史總是（由撰史者）回顧的、抽樣的。回顧憑恃記憶，而記憶再如何完整，仍有遺忘的可能；抽樣依賴史料，史料建檔即便周全，難免掛一漏萬。何況撰史和建檔不同，建檔務在蒐羅殆盡，而檔案本身就是「事實」的匯總，要看「詩實」，去找檔案即可。然而，眾所皆知，檔案的羅列本身並無意義，只有歷史才有意義可循。

進一步言，「詩實」也只在理論上有存在的可能，蓋事實上並無可能也沒有人會去做「全紀錄」這種功夫，按粗率的估計，台灣詩人平均年產四、五千首詩作[1]，二十年來好歹也有十來萬首作品發表，試問有誰能夠而且願意對這十萬首以上的詩作做過地毯似的蒐羅與建檔？這也就是爲什麼歷年來每一年的「年度詩選」，只能做抽樣式的揀選，也因此掛一漏萬的情形必然發生，掛一漏萬是詩實被抽樣的結果，是詩選的必要之惡（the necessary evil）。

當然，掛一漏萬更是詩史的必要之惡。但問題不在掛一漏萬本身，而是怎麼掛一漏萬始爲重點。向陽在他所主編的爾雅版的《七十五年詩選》[2]的導言中曾坦言，其所編選的年度詩選乃「編者這一年來集偏見的總成」（1986: 6），信哉斯言，詩史的撰寫亦當如是。如前所述，詩史來自抽樣，而如何抽樣根據的是撰史者的史觀，史觀不啻就是一種偏見，正因爲偏見的形成，詩史才因此有了一定的意義。陳芳明以殖民及後殖民的史觀爲台灣文學史的演變定調（1996: 13-29），即爲「一偏之見」的顯例。

以傅柯（Michel Foucault）式的觀點來看，我們用文字敘述來重現過去，其實就等於在建構過去的歷史，套用傅柯的說法，即詩史是論述（discourse）的結果，而「詩史做爲一種論述」（poetry history as a discourse）則脫離不了政治性，如以殖民、再殖民及後殖民來爲一九二〇年代以迄於八〇／九〇年代的台灣文學發展史分期，或者用現代、寫實及後現代來爲一九六〇、七〇及八〇年代的台灣詩史定位，都是出於論述的一種政治性的選擇，如同加拿大文論家胡琴恩（Linda Hutcheon）所說的，過去我們所經歷的事實，無法被清楚如實地交代，對於過往經驗的表達，反而是要經過諸如刪改（erasing）、選擇（selecting）以及強調（stressing）的過程，而「我們對於過往的知識——同時是歷史的和文學的，也會決定我們（如何）再現（represent）那個已被吸收與處理過的結果」（1989: 167），易言之，即史觀決定了如何再現詩史。

不同的時代、不同的場域，自然會有不同的史觀，因而台海兩岸以及不同世代對於台灣詩史的演變或發展有不同的偏見，也就不足爲奇，詩史卻因此而有了諸多相異的版本。歷史畢竟是（後來人的）後設的、人爲的，無所謂絕對客觀的存在，我們的詩人本身已有此自覺，況乎詩論家和撰史者，試看劉克襄在一九八三年發表的這首〈金安城小記〉（爾雅版《七十二年詩選》）：

> 二〇〇一年，……逆匪魏精浣，唆使二千名叛軍侵擾金安城，大肆殺戮。未幾，英勇的皇軍前來解救，擊潰叛軍。匪首魏精浣畏罪自殺，史稱「金安之亂」。
>
> ——（本文引自「X民國史」，二〇八〇年）
>
> 二〇〇一年，……先烈魏精浣，率領二千名革命志士，突擊金安城，不幸誤陷敵陣，彈盡援絕，魏精浣悲壯地飲彈自盡。是役史稱「金安之役」。

——（本文引自「Y民國史」，二八八〇年）（1984: 104）

把前述主題金安城換成台灣詩史，時間改爲一九八〇年至二〇〇〇年，場景變成這段時期的台灣詩壇（包括詩人及其詩作的表現），一樣會有二種（以上）不同的版本，誰曰不宜？版本儘管不一，惟嚴格說來，每一個不同的時期都會有一個代表性的主流論述，主流論述亦即支配性論述（dominating discourse），它主動會對該時期的詩作做篩選，不在主流論述揀選標準範圍之內的其他詩作，將會被排除在主流之外，或被視爲不入流，不論是詩選的編纂或是詩評家的評論，其本身都是一種鞏固性的主流論述，以米爾斯（Sara Mills）的話說，他們這種論述性的行爲，不是一個簡單的編輯或研究的工作而已，他們對那些被認爲值得印刷出版的詩作產生了深遠的影響。由於他們只傾向對經典性詩作「認證」或評論，所以那些被所謂「經典」（canon）排除掉的詩作就傾向於不被認爲值得分析[3]（1997: 68）。

主流論述建構詩史的動機及企圖，不容忽視，年度詩選的編纂便是最爲明顯的例子，瘂弦爲《八十一年詩選》所寫的底下這段序文（〈年輪的形成〉）說得最爲露骨：

> 把文壇一年內的創作活動做一番回顧、整理、評鑑，選出優良作品出版年度選集，可

以說是一項功德，這不但可以藉此保存文學的編年史料，也為文壇建立另一種批評制度，對於詮釋作品、匡正文風，均有莫大的助益。……一個各種文學類型年度選集齊備的文壇，任何時候，人們只要把一冊冊年選依序檢視，就等於巡禮了一遍以創作來說明的文學發展史。（向明、張默，1993: 1）

主流論述以年度詩選分段架構詩史的用心，在瘂弦的這段引文中昭然若揭，但這不是重點；眞正的問題在──誰是主流論述者？以及主流論述背後係基於何種史觀以建構其詩史？在二十世紀末葉這二十年，能歷經三分之一個甲子而不衰，年年爲台灣詩壇端出一道道「好菜」者──亦即橫跨這二十年不曾間斷的年度詩選編委群[4]，或可謂爲八／九〇年代的主流論述者，包括張默、瘂弦、洛夫、余光中、商禽、梅新、辛鬱、向明、蕭蕭、李瑞騰、白靈、向陽、陳義芝、張漢良、杜十三、焦桐，以及年輕詩人鴻鴻（若將其中大部分人掌握了台灣主要的報紙副刊及詩刊的因素合而觀之，更能證明這樣的論斷所言不虛）。

有什麼樣的人，自然就會編出什麼樣的詩選，也就會建構出什麼樣的詩史。代表笠詩社在一九九二年加入年度編委群的前輩詩人林亨泰，不知何故，於翌年起的年度詩選編委名單中就被除名了，其中除了向陽具本土色彩外，主流論述群中顯未將代表南部及本土派的詩人納入，而由這樣的主流論述者所建構的詩史，雖然當中不乏有反映社會現實及具批判精神的詩作，相較於一九八〇年代中前衛版的數本年度詩選，本土意識委實不夠明顯、強烈。即以李魁賢爲例，在笠詩人中，他被年度詩選選入的次數當屬最多，但他入選的作品幾乎都嗅不出本土味。此其一。反過來，一九八〇年代以來，台灣詩壇受到新起思潮諸如後現代主義、女性主義、後殖民主義以至於網路文化的影響，不可謂不大，但是和這些新詩潮掛鉤的詩人，例如羅青、夏宇、林燿德等人，入選的比例並不高。以女詩人爲例，雖然女性主義者江文瑜於《八十六年詩選》開始被注意，二〇〇〇年的年度詩獎也頒給同一陣營的李元貞（卻未選其作品），但是歷年來最被主流論述青睞的羅英與朵思，都不太具有女性主義的煙硝味。此其二。

主流論述所建構的這樣的「詩史」，反映的是一條以強調藝術美的形式主義爲主的美學發展脈絡[5]，骨子裡流的仍是「修正了的現代主義」（modified modernism）的血，但這絕對無法反映出八〇/九〇年代台灣詩壇眞正的狀況，我們看到的只是一條「繼往」卻未有「開來」的歷史脈絡。台灣詩史如果眞的是如此走法，那麼就無所謂「歷史的演變」這回事，而沒

「演變」（走回頭路不算演變），哪來「歷史的發展」？這二十年的詩史其實是一個新的發展階段，對於新起的詩潮不能無動於衷，因此我們有必要在主流論述的偏見之外，再以另一種偏見重構這段詩史。

第二節　後現代主義與後現代時期

詩史的分期，如同陳芳明所說，是一項危險的工作，削足適履或顧此失彼，永遠是歷史分期的一個缺陷（1996: 13）。但歷史本身畢竟是一個時間的概念，撰史者很難不用分期的方式來重述或再現歷史[6]。在每一個虛設的時代門檻，撰史者可以有所依據，從而為詩人尋找一個較為清楚的關係位置，並也為時代思潮與文學風格繪出較為明朗的輪廓（同上註）。爰是，一九五〇／六〇年代是現代主義的時期，一九七〇年代是寫實主義的時期，一九八〇／九〇年代是後現代主義的時期，這種詩壇上約定俗成的說法，雖然有其盲點（比如只著重在文體上的考察）（林燿德，1995: 22），也是一偏之見，但不失為撰史者建構詩史的一種權宜也是便宜的措施；而這種約定俗成的見解，多少也反映了詩人自己對置身於詩史流變中的認知。

詩史的演進自有其承先啓後的一面，所謂「承先啓後」其實是連續性史觀的換一種說法，也即詩史的演變從以前到現在以至於未來，均有其發展的脈絡可循，「承先」甚至比「啓後」來得更爲重要，如此看來，前述主流論述的詩史觀就是這種「承先啓後」連續性史觀的代表，因而不少具挑戰性、顛覆性、「雖不承先，但可能啓後」的詩作就會被刻意壓抑，只因爲其與主流的美學觀牴牾，夏宇就是一個明顯的例子。一九九五年《聯合文學》第一二六及一二七期曾一口氣刊登了夏宇的四十七首詩，刊載篇幅之長，可謂文壇少見，但是《八十四年詩選》卻將之排除在外，理由是她「對既有語言規則懷有恨意、蓄意破壞」，致使其詩「經常形成一堆無意義的文字」（白靈，1995: 6），主流論述者如此的評語，只是暴露其對後現代主義的無知。

詩史的演變若只著重那連續性的「承先」部分，那麼一九八〇／九〇年代的台灣斷代詩史，也就「不足觀哉」了。余光中還是新古典主義的余光中；周夢蝶依然在菩提樹下老僧入定；鄭愁予擅長的仍是那膾炙人口的抒情詩；羅門高唱的一樣是「都市的旋律」；商禽老是一再玩弄其獨樹一格的散文詩……至於瘂弦總是那麼愛惜羽毛，再次提不起詩筆。如果這二十年的「天下」仍舊在他們這些人的手裡，那麼一九八○／九○年代這一斷代詩史，一筆帶過可也。偏偏歷史就不這麼走，歷史有連續，也有斷裂；只有在斷裂處，歷史才顯其偉大。斷裂（也就是非連續）處在後來者向前行者的顛覆與挑戰（用強一點的字眼說，革命亦可），或者前行者自身的自我衍異與變革。一九八○／九○年代的台灣詩史如果要有意義，就要在它和以往的斷裂處尋找，而撰史者在此便要凸顯其非連續性史觀的重要性，「他眼中的歷史充滿了斷層與空白的材料，由差異、距離、代換與變形的交互作用構成」，他的工作也就是張漢良所說的，「把表面看起來連續的編年史瓦解」（1984: 11）。

一九八○／九○年代的斷裂處就在後現代（postmodern）的崛起。依據陳義芝的研究，後現代成爲台灣詩壇標榜的口號，肇始自一九八六年四月羅青在高雄中山大學的一場演講（「七○年代新詩與後現代主義的關係」），隨後他又陸續發表了若干篇有關後現代的文章[7]，在詩創作上，初期附和者主要有林燿德、陳克華諸人。事實上，在此之前，即一九八五年《草根詩刊》復刊，便出現了不少所謂的「後現代詩」（廖咸浩，1998: 33），惟亦和羅青脫離不了關係（羅青在復刊上寫了一長篇復刊感言）（1988: 407-431）。但是最早寫作後現代詩的，則是後來繼起的夏宇寫於一九七○年代末、八○年代初的三首：〈連連看〉、〈歹徒丙〉及〈社會版〉

（陳義芝，2000: 384-385），目前都成了後現代詩的「經典」（雖然後現代厭惡經典）。然而，後現代詩能蔚爲風潮，讓新世代詩人群起效尤，則要一直等到孟樊於一九九〇年發表他那篇長達三、四萬字的論文〈台灣後現代詩的理論與實際〉算是爲後現代詩正名之後。自此之後，後現代詩的創作係出於刻意爲之，而不是「恰巧碰上」，蓋後現代的面貌愈變愈清晰，不再讓人懵懵懂懂。

然則何謂後現代？基本上，後現代本身是拒絕被定義的，要對後現代界說便會變成是反後現代的，如同社會學家庫馬（Krishan Kumar）所說的，定義是現代主義的作法（1995: 104）。惟出於分析或研究的目的，評論家或史家仍不得不爲後現代做個界定，至少怎麼使用它心裡應該有個譜。結果每個人的「譜」都不盡相同，因而關於後現代也就有多種不同的定義，誠如華德（Glenn Ward）所言，這是因爲它本身嚴格而言並不是一門學派的思想，也不是具有明確目標或觀點的統合性知識運動；它更沒有一個具支配地位的理論家或發言者[8]（1997: 3），雖然台灣詩壇提到的名字有哈山（Ihab Hassan）、詹明信（Fredic Jameson）、德希達（Jacques Derrida）、李歐塔（Jean-Francois Lyotard）、巴特（Roland Barthes）、布希亞（Jean Baudrillard）以及傅柯等人。

上述這些「後現代大師」中，專治文學理論的哈山就台灣詩壇來說毋寧最具代表性，比如他的後現代說法就爲古添洪（2000: 6）和陳義芝（2000: 392-393）等人所引用。哈山用他自創的術語「不確定內在性」（indetermanence）來總結後現代主義的特徵。不確定內在性係由兩個概念即「不確定性」（indeterminacy）與「內在性」（immanence）所構成。這兩個概念本身又涉及一大堆類似的概念，前者包括含混（ambiguity）、不連續性（discontinuity）、異端（heterodoxy）、多元性（pluralism）、隨意性（randomness）、叛逆（revolt）、曲解（perversion）、變形（deformation），以及再由變形引發另一連串相關的概念：反創造（decreation）、分裂（disintegration）、解構（deconstruction）、離心（decenterment）、置換（displacement）、差異（difference）、分離（disjunction）、消失（disappearance）、分解（decomposition）、去定義（de-definition）、解秘（demystification）、解總體化（detotalization）及解合法化（delegitimation）；後者則包括散佈（diffusion）、播散（dissemination）、推進（plusion）、相互作用（interplay）、交流（communication）及相互依存（interdependence）（1987: 92-93）。

這一大群後現代概念，哈山並未一一界定及分析，我們在此也不必多費唇舌。我們只能說，這些後現代文學概念，多半已爲作家用於其創作之中，八〇／九〇年代的台灣詩壇同樣也受到很大的影響。其實，台灣後現代詩理論的引介更應該注意美國語言詩派（the language poetry school）理論大師伯恩斯坦（Charles Bernstein）的主張，伯氏對於詩創作的各種實驗，突出了語言本身的物質性（materiality），簡言之，即把一般所謂的「自然語」予以非自然化，專注於構成語言（文字）材質本身的生成變化，也就是凸顯意符或符徵（signifier）的功能性。台灣詩人中，夏宇、陳黎、林燿德三人的後現代詩，最能凸顯語言詩派這種文字的物質性特徵，惜台灣只有古添洪、廖咸浩曾加引介，而伯恩斯坦的理論更只有古添洪稍加觸及[9]（2001: 7）。

這種刻意凸顯語言（文字）本身物質性的後現代語言詩，頗具「自我指涉」的味道，也就是讓語言（文字）對語言（文字）本身自我反思，可以說是一種「自我反身詩」（self-reflexive poetry），是台灣最狹義的後現代詩，誠如林燿德所說：

> 這些詩作的意圖不在於探究人的存在本質或者討論東西文化、本土／中國意識的對立／對決情況，也不在於透過文學切入社會與政治的核心，其真正的意圖在於透過創作的行為與行動，重新檢討詩的定義、詩的範疇、詩的藝術本質，更多的新世代詩人參與了類似形式遊戲的實驗，這種傾向不能完全歸諸於後工業社會的特殊人文情境；詩

> 人本身對藝術的自覺和針對「新傳統」的「背叛」也發生決性的影響。（1995: 25-26）

在台灣詩壇，如今再去爭吵晚期資本主義或後工業社會到底是否已經出現已非重點——詹明信及貝爾（Daniel Bell）等人曾宣稱後現代主義係出自晚期資本主義或後工業社會——因爲後現代主義畢竟已經登堂入室，並且如林燿德所言，透過新世代詩人（如夏宇、林燿德、陳克華、林群盛、田運良等人）「創作的行爲與行動，重新檢討詩的定義、詩的範疇、詩的藝術本質」。這是廖咸浩所說的「文本政治」（textual politics）之具體的表現（1994: 16-18），它也是對在此之前一九七〇年代「鄉土八股詩潮」的內容主義（contentism）的反動（1996: 441）。

然而，做爲一個歷史分期的概念，台灣詩壇的後現代主義不必也不能採上述所說狹義的界說，誠如廖咸浩所言：「台灣的後現代主義詩風除了多少承襲了前述的西方後現代特質之外，也融入了台灣特殊政經文化環境的條件。」（1996: 443）橘逾淮變枳，這是後現代風「全球在地化」（glocalization）的又一例證（後面將以詩例一一細說）。從歷史分期的角度觀之，一九八〇／九〇年代所指謂的「後現代時期」（the postmodern period），採的應是最廣義的後現代界說。廣而言之，後現代從邊緣出發，反體制、反權威、反主流，向既有建制予以質疑，當然也就反對向來被視爲理所當然的眞理；準此以觀，諸如女性主義與後殖民主義的詩風以及具文化政治（cultural politics）精神的政治詩與方言詩都應納入討論的範圍，廖咸浩和陳義芝等人也是從這個廣義的面向（即取其精神層面）來探討台灣的後現代詩。本章即以此角度來爲一九八〇／九〇年代的台灣新詩定調。

第三節　舊世代詩人的繼承

從後現代的角度來看，一九八〇／九〇年代的台灣詩壇主角，顯然不再由前輩詩人扮演了，雖然歷年的年度詩選仍然試圖讓前輩詩人（余光中、洛夫、張默、羅門、周夢蝶、向明、商禽、管管、辛鬱、羅英、蓉子……）擔任要角。他／她們在一九五〇／六〇年代發光發亮，儘管一九七〇年代稍顯黯澹，走過艱困的本土寫實時期，風采依舊，大部分人還豪情壯志地繼續馳騁在世紀末的詩壇，移居海外多年的「現代派」開山祖師紀弦，甚至在擱筆多年後還「迴光返照」重拾詩筆，創作不輟（一九九三、九六年出版《半島之歌》、《第十詩集》），令人刮目相看。

一、十大詩人易主

純就詩藝而言，前輩詩人（也可涵括若干中生代詩人）那支手中之筆，起碼在詩壇上琢磨了四、五十年，可以說「不亮也光」。蕭蕭在簡評向明的〈七孔新笛〉組詩時曾謂：「向明近年的詩錘鍊功深，渣滓盡去，澄靜純明」（見爾雅版《七十八年詩選》），這一評語可以套用在大部分已成名的前輩詩人身上，譬如洛夫、張默、商禽、管管……他們一出手，少有敗筆之作，珠圓玉潤，差可比擬。雖然如此，總有人讓人有力不從心之感，在創作質量上俱未提升，或只能維持舊年的水準。譬如周夢蝶，詩藝風格「數十年如一日」，一九八二年的〈不怕冷的冷〉與二〇〇〇年的〈斷魂記〉依稀彷佛是從《還魂草》裡被複印出來的詩。又如羅門與鄭愁予，前者並置式的語法及現代感的語言依舊，後者的古典婉約格調亦未見褪色（雖然多了人世歷練的智慧）。再如余光中，向來講究節奏與音韻之美的他，晚年由於語言日趨淺白，偶有凸槌之作[10]，亦常爲識者詬病。至於紀弦的復出之作，只看那〈十點半〉一詩[11]，就要令人倒盡胃口，不免懷疑他的寶刀是否已老。

台灣詩壇在一九七七年曾由張默、辛鬱、菩提、張漢良及管管五人主編《中國當代十大詩人選集》，選出後來備受爭議的所謂「台灣（現在已不能稱爲中國了）十大詩人」，這十大詩人是：紀弦、羊令野、余光中、洛夫、白萩、瘂弦、商禽、羅門、楊牧、葉維廉（後來《陽光小集》舉辦的「當代十大詩人」選舉，則以鄭愁予與周夢蝶取代紀弦和葉維廉；一九八三年由大陸詩人流沙河主編的《台灣詩人十二家》，主動加了兩大詩人：高準及鄭愁予）；然而，如果就一九八〇／九〇年代這二十年的表現來看，這十大前輩詩人或因歇筆（瘂弦）[12]，或因往生（羊令野），或因創作質量未見提升（紀弦、白萩、葉維廉），「舊十大」應被「新十大」所取代。一九八〇／九〇年代的「新十大前輩詩人」應爲（不分排序）：余光中、楊牧、洛夫、羅門、商禽、向明、張默、羅英、李魁賢、朵思[13]。

二、舊世代詩人的鄉愁

一九八〇年代的兩大盛事——政治解嚴及開放人民赴大陸探親（一九八七年），對於前輩詩人（前者對省籍詩人，後者對大陸來台詩人）形成相當程度的影響，就後者而言，便深深撞擊了前輩詩人的心靈，在詩藝未有明顯的轉變之下，中晚期以後大量的「懷鄉詩」便紛紛出籠，如大荒的〈遲佩的黑紗〉、蓉子的〈時間〉、梅新的〈口信〉、辛鬱的〈鶴琴居老宅〉、余光中的〈還鄉〉……而以洛夫的〈蟋蟀之歌〉狀擬的「唧唧」（蟋蟀叫聲，也即蟋蟀之歌）鄉音，最令人動容。那聲聲「唧唧」的鳴叫，「從院子裡／一路唱到牆腳」，再「從石階的縫裡／突然又跳到／白髮散落的枕邊」，「由昨日的天涯／被追到今日的海角／仍只聞其聲，不見頭，腳，翅翼」，遂撩起詩人的記憶，卻「記不清那年那月那晚／那個小站聽過／唧唧復唧唧／今晚唱得格外驚心」。今晚唱得格外驚心，係因這鳴叫聲騷到了詩人的鄉愁處，只是這——

唧唧
究竟是那一隻在叫？
廣東的那隻其聲蒼涼
四川的那隻其聲悲傷
北平的那隻其聲聒噪

湖南的那隻叫起來帶有一股辣味
而最後——
我被吵醒的
仍是三張犁巷子裡
那聲最輕最親的
唧唧（向明，1985: 99）

所謂「一夜鄉心五處同」，洛夫（自己是湖南人）這隻蟋蟀之歌，撩起的同時會是葉維廉、羅門、林泠、非馬（均為廣東人）、商禽（四川人）、方思、向明、彩羽、周鼎（同為湖南人）等眾多詩人的鄉愁，雖然「那聲最輕最親的唧唧」最後落在他住的台北三張犁巷子（暗示故鄉最終的落腳處），卻已勾引得他夢迴大江南北走了一遭（這隻蟋蟀後來還現身湖南衡陽賓館與洛夫對話，唧唧之聲再引詩人鄉情）[14]。洛夫以蟋蟀唧唧叫聲狀寫那莫可名之的鄉愁，較諸余光中〈還鄉〉的直抒胸臆之懷略勝一籌[15]。惟前輩詩人這股莫可名狀的鄉愁至一九九〇年代初期在其陸續「還鄉」之後，於一解鄉思之情之餘，轉而寫起紀遊詩（如向明〈登天安門〉、洛夫〈出三峽記〉）來了。此時，兩岸民間來往只有更加頻繁。

三、抵拒後現代

相對於濃濃的懷鄉情思，前輩詩人對於後現代新起的文明，字裡行間似乎嗅不到他們的好感，當中生代、新生代詩人大談「搖頭丸」、「網路情色」、「援助交際」（侯吉諒〈網路情人〉）、「呼叫器」、「行動電話」（渡也〈號碼〉）、「列表機」、「影像掃瞄器」、「作業環境」、「電路板」（吳夏暉〈列表機〉、〈影像掃瞄器之一〉、〈中文系統〉、〈電腦語言〉）、「試管嬰兒」、「遺傳工程」（白靈〈試管嬰兒〉）之際，前輩詩人卻難掩其對後現代世紀末景象的焦慮，葉維廉底下這首〈紀元末切片〉便是這種焦慮心情最佳的寫照（見一九九九年十二月十二日《聯合報副刊》）：

一個數位生物工程師
依著數位與位元的邏輯
一步一步地

把男體女體的器官析解
謹慎地
一片一片地作業
把男體女體的器官
變成檔案
沒想到在這已經沒有知覺的
男體女體檔案化快要完成之際
有兩件器官竟然掙扎和抗拒程式化
陽具與陰户
為了生命與情欲
堅持在那裡
堅持著
抗拒著
堅持著

抗拒著

葉維廉為了抗拒男體女體器官被檔案化的「掙扎」，讓人聯想到新世代詩人黃智溶「歡喜操作」的〈電腦詩〉（1988: 187-192）。〈電腦詩〉中先鍵入二個檔案：〈檔案一〉及〈檔案二〉，前者鍵入的兩個符號 &AA&、&BB&，如詩人開頭所說：「&BB& 絕不是 &AA&／&AA& 絕不是 &BB&」，但由於這二個純符號未有任何指涉的意涵，「所以／&BB& 就是 &AA&／&AA& 就是 &BB&」；後者由詩人填入十一組具對立意指的符號，包括：男人／女人、聖女／神女、白日／黑夜、眞實／虛假、前進／後退、民主／專制、大陸／小島、金錢／藝術、同志／敵人、上帝／撒旦、劉備／曹操，在此詩人並未有任何操作的動作。直至最後〈合併檔案〉出現，詩人選了第二個檔案的第一組男人／女人的符號鍵入「檔案一」中（即以男人代 &AA&，女人代 &BB&），結果詩末跑出的「合併檔案」竟變成：「女人就是男人／男人就是女人」，這種後現代的位元邏輯，怎不令依戀著人文主義精神的葉維廉跺腳才怪。所以葉氏在一九八七年接受林燿德訪問時特別強調：「我認為『後現代』這個名詞在台灣運用要非常小心。……『後現代主義』只適合於北美這種工商轉型期的社會。」（林燿德，1989: 135）。

四、與羅門對話

林燿德認爲，上述葉維廉的說法，在他同一代詩人中具有某種程度的普遍性，特別是在對於傳統態度的急遽改變上（至少相對於他們盛年時期的創作觀）；但這絲毫不令人驚訝，「因爲認同傳統正意味他們自認自己的作品已經進入典律之中，足以抗拒任何外來的、新興的、叛逆的聲音。」（1995: 54）前輩詩人中抱持「哀矜勿喜」態度而比較願意和後現代對話的恐怕只剩羅門一人。羅門不僅於一九九〇年代陸續發表有關他對後現代主義的省思性文章，如〈從我「第三自然螺旋型架構」世界對後現代的省思〉、〈詩眼看後現代現象——談其中具關鍵性的問題〉……更於其詩作中展開「與後現代調侃式的對話」，例如他的〈後現代A管道〉（見爾雅版《七十九年詩選》），除了試圖要描摩出後現代的文化景觀及其創作特色外，末尾一段白話式的「結論」，儼然頗有嘲諷的味道：

後現代　嬉皮笑臉
　　跟著緊繃著臉的現代

走過來
把往上看的眼睛
向下看
世界變矮
偶像倒在地上

•

將皇冠與古羅馬的圓頂
往大廈的頭上戴
把壓克力透明屋頂與天頂
頂在一起
開賓士到鄉下
帶田園的大樹到高樓裡來
與都市相會
穿一雙「雅皮」皮鞋

踩整座城進豪華地毯
拖一雙拖泥帶水的拖鞋
拖整座城進大街小巷
•
方向該往那裡走
看街兩頭的黃燈
　只要是路
都可四面八方
　　混進來
　　一起走
•
方向該往那裡流
看向低處流的地下水
　只要是水

都可持不同的水質
　　混進來
　一起流

‧

方向該往那裡叫
看向大眾叫賣的擴音器
　　只要是攤位
都可拿不同的貨色
　　混進來
　一起叫

‧

方向該往那裡休息
那要看它累成什麼樣子
煙灰缸空酒瓶

休閒中心與教堂
　　都是好地方

•

在360度開放的時間廣場上
有人走進新東陽老大昌
有人衝入麥當勞肯德基
有人將咖啡倒進龍井
有人將檸檬擠進牛乳
有人舉左手舉右手
有人左右手一起舉
有人抱股市的屁股
有人抱女人的屁股
有人抱文章的八股
有人將文化裸成她的胴體

有人把崇高
　聳立在女人的乳峰上
有人把酒瓶玉腿與槍支
　　當作天堂的支柱
有人用一堆銅與水泥
　　　堆成永恆
•
只要你高興
一切都由你
價值由你定
歲月由你選
世界任你抱（46-51）

羅門的這首〈後現代〉，已隱約點出後現代的若干特徵，包括拚湊、移位（置換）、曲解、隨意及叛逆（參見前所說哈山的「不確定性」概念）；在另一首〈長在「後現代」背後的一顆黑痣〉，對於後現代主義這種「雜湊」而不求喻意及象徵的風格則有更進一步具體的描繪：

博士與明星攜手走進熱門
歌星與莫札特同進一間錄音室
詩人與莫札特同坐一張書桌
四毛五毛長在毛姆的額上
　根在培根的頭上
燕尾服穿上牛仔褲
啤酒屋與靈糧堂各吃各的
大廈在指壓粉壓下　動不了
反正上流下流都是流
　溝水河水海水都是水

清不出來的　都進入陰溝
走不出來的　都擠進黃燈
將東南西北在方向盤裡
炒成一盤雜碎（向明、張默，1993: 18-19）

羅門表示，他有條件地贊同後現代的解構傾向，使用多元與開放性的創造思想表現形式與技巧，並肯定後現代主義階段性的必然性及其突破現代主義所呈現的某些正面價值；但是更願意進一步打破「主義」的框架，從其與整體存在的相互觀照中，同時看出後現代背後所可能甚至已出現的某些盲點[16]（1994: 130: 138）。就一位典型的現代主義者的羅門而言（林燿德，1995: 106），對於後現代能抱持這種寬容似的態度，在前輩詩人中已難能可貴了。

看來後現代雖然來勢洶洶，但對前輩詩人而言，仍顯得格格不入。如前所述，當世紀末向你走來，光影迷離之中，鄭愁予仍在寂寞地「坐著看花」；周夢蝶依舊老僧入定「問而不答」（蕭蕭語）；頂著「山風海雨」若有所思的楊牧在西太平洋海濱，日日勤練其愈來愈「炫」的玄學詩（metaphysical poetry），爲「時光命題」[17]；略有新意的洛夫除了一度玩起隱題詩的形式遊戲外，雖然佳篇迭出，還是緊守其現代的一貫風格（即便〈漂木〉長詩的企圖心很大）；而曾在前衛風格上一度引領風騷的林亨泰，好像從此不再前衛。他們似乎相當地滿足於自己所奠下的現代詩傳統。

時移勢往，傳統就像向明筆下的那張「太師椅」，雖然「雞翅木的紋飾裡／還飄著幾絲陳年的／迷迭香」，這些前輩詩人「還一直巴巴的等待／當年的正直和威望」；但是面對年輕一代在一九八〇／九〇年代扛起的後現代大纛的挑戰，向明也不無語重心長地指出，前輩詩人要再在傳統這張太師椅上正襟危坐，恐怕就沒那麼稱心如意了，試看末段最後這幾句：

園子裡的雞翅木
落過不知多少次葉
耍酷的後現代兒孫們見了
總覺得
一輩子得這麼端正的坐著
要多彆扭就有多彆扭
要多荒唐就有多荒唐（商禽、焦桐，1999: 128）

就因為再坐在前輩詩人所創製的傳統這張太師椅上，要多彆扭就有多彆扭，要多荒唐就有多荒唐（即便這是向明的挖苦），後現代的兒孫們在底下就要開始耍他／她們的酷了。

第四節　新世代詩人的開拓

一九八〇／九〇年代的台灣詩壇，活動熱鬧頻繁，一九八〇年代中期有《草根》詩刊的復刊（一九八五年），以及《四度空間》及《地平線》的創刊（均在一九八五年），它們對於後現代詩的鼓吹及實踐，具有相當重要的意義。一九九〇年代中期成立了現代詩網路聯盟（一九九六年），須文蔚、杜十三、侯吉諒等詩人首度上網建站（以後陸續有個人設置的網站或網頁，如蘇紹連、向陽、蕭蕭、白靈、陳黎、游喚等）；一九九八年第一個以女詩人成立的女鯨詩社出現在台灣詩壇，這些對詩史的演進都起著相當重要的作用，尤其在進入一個新的解放的後現代時期；其中於一九九五年三至五月連續三個月舉辦六場的「台灣現代詩史研討會」（會後論文結集成冊出版《台灣現代詩史論》一書），堪稱企圖最大的一場論述活動，試圖趕在世紀末結束前總結日據時代以來的台灣詩史，建構所謂具台灣主體性的台灣詩學（以別於對岸所建構的台灣詩學）。

新起的時代氛圍，受到全球化同步的衝擊，誠如瘂弦所言，此時台灣現代詩的自主性，並非關起門來把一切排拒在外，而是要走向「世界族」，進入二十一世紀那巨大宏偉的文化結構中，成爲人類新詩史的一部分，在舊神話與新預言之間，參與另一次的文藝復興（1998: 2）。

在《八十六年詩選》（現代詩社版）的序文中，瘂弦這樣說道：

> 士飽馬騰的年輕一代詩人，已在試圖重組世界漢語詩的新版塊，強化自己的特質之餘，猶在思考詩之莽原上，誰將入主？誰與爭雄？在創作上，他們對五、六十年代的老現代主義漸感不耐，對鄉土文學的階段性使命也認為已告完成，他們以游目遠眺替代自我的內視，他們在一個新的地平線上，尋找更新更遠的火種。就像手執電視遙控器一般，他們希望在一個密集的時間內，把每一個文學頻道都瀏覽一遍，這是海洋文化性格益形外向的一種發展，後現代、都市文學、魔幻寫實、女性文學、愛慾解放、情色文學，以及外國帝國主義文學生產的省思，後殖民論述觀點的反映，都有人在做

創作的實驗，不只是詩語的革命，不只是形式與結構，而是一種對前一代掀起一次創作性的叛逆，這不是「五胡亂華」，而是一種可喜的發展與突破。（1998: 2）

以此觀之，一九八〇／九〇年代的後現代時期，詩壇的主角及要角不再是舊世代的前輩詩人了，而是由中生代及更年輕的新世代詩人來擔綱。瘂弦前面提及的後現代時期的創作「頻道」，諸如後現代詩（狹義的後現代主義）、女性詩（尤指女性主義的詩）、情色詩、都市詩、後殖民詩等等，除了極少數（如羅門、管管）舊世代詩人曾觸及外，主要皆在新世代詩人（包括若干中生代）身上產生；從顛覆的、反叛的、解放的、反權威的、反體制的及反主流的後現代時期來看（這個前提很重要），舊世代詩人整體而言是最不具特色的一群，儘管如前所述，他們的創作技藝已至「珠圓玉潤」的境地。

一、中生代詩人：羅青、陳黎以及三個消失的名字

就中生代詩人（一九八〇年代以前是新生代）而言，即便不是後現代時期的火車頭，也總是扮演著相當重要的推手角色，其中羅青當然是當仁不讓最具代表性的一位，他可以說是

後現代時期在創作及理論上具指標性的人物，說是「承先啓後」（尤其是啓後）並不爲過，光是他那兩首在《兩岸》詩叢刊（第三集）被「五花大綁」會審的後現代詩〈一封關於訣別的訣別書〉與〈多次觀滄海之後再觀滄海〉[18]，就足以名垂千史了。我們就先看看〈一封關於訣別的訣別書〉到底是怎麼樣的「一封信」：

卿卿如晤：
提起筆
就想給你寫信
抓起一張紙
三行兩行的
一寫就寫到了
這裡
既然寫到了這裡
也只有寫到

這裡了
就此打住
敬祝
平安愉快
意洞手書
民國七十五年
三月二十八日夜
西曆一九八六年
三月二十七日夜
黃曆四六八四年
三月二十六日夜

附筆：
信中所寫

絕對與信中
所沒有寫的
任何事物
無關

又及：
此信
萬一被
史學家
考古家
批評家
編選家
或偷窺狂
看到了

敬請
視而不見
高抬貴手（1988: 254-257）

羅青這首詩和〈多〉詩（參見註釋[25]），在《兩岸》被多數「同行」「高抬貴手」地狠狠批了一下，說他拿「後現代」賣弄小聰明、耍花樣，將詩搞成「只是文字遊戲的延伸」，分行的句子不能稱之爲詩。這般的痛斥似乎讓他有愧於被封爲「新現代詩的起點」。這首詩的確（和〈多〉詩）是反內容主義的——有寫等於沒寫，蓋整封信毫無內容可言；你更可以說它是反人文主義的，而這是西方後現代主義慣有的主張。這首詩呈現出三個後現代的主要的特色：一是如上所述，它難以尋覓意義（反內容主義），也因而不具深度感。二是如詹明信所說的，它是一種仿作（pastiche），仿作其實也是一種諧擬（parody），諧擬是反諷（或嘲笑）加模仿，但後現代的仿作是空白的諧擬，它沒有諧擬那種隱而未露的動機，沒有諷刺的意味，沒有嘲笑（Jameson, 1985: 14）。模仿林覺民〈與妻訣別書〉的〈一〉詩，裡頭嗅不出詩人有反諷的味道。三是它使用了後設語言（meta-language），即「附筆」與「又及」的部分，其中「又及」

又可視爲「附筆」的後設語言，也就是後設的後設語言（meta-meta-language）。

羅青在一九八八年出版的《錄影詩學》，堪稱台灣後現代詩重鎭的表徵，是書裡頭一次「解放」了錄影詩（如〈天淨沙〉）、科幻詩（如〈野渡無人舟自橫〉，亦爲錄影詩）、打油詩（如〈石榴．石榴〉）、魔幻寫實詩（如〈畢業〉）[19]、生態詩（如〈紅尾伯勞〉）、圖像詩（如〈葫蘆歌〉）、後設詩（如〈多次觀滄海之後再觀滄海〉）等具後現代精神的類型詩；在此之前（一九八七年），他更和林燿德等人率先創辦了一份稱爲《後現代狀況雜誌》的磁碟雜誌[20]，頗具實驗的前衛色彩，余光中稱他爲「新現代詩的起點」，對於這個扛起後現代大纛的「中頑童」而言，並不過譽。

羅青在一九八〇年代中開創的後現代風潮，到了一九九〇年代由另一位中生代詩人陳黎將之發揚光大。陳黎是刻意的繼踵者，相對於比他更年輕的新世代詩人夏宇、林燿德、陳克華、黃智溶、林群盛，他的後現代起步稍晚，但出手不凡，廖咸浩甚至稱他的後現代風是「最豐滿的後現代風」，蓋其後現代係「有所爲而爲」，故不似羅青的缺乏深度（depthless），可以說「陳黎的後現代風的自由與不羈係源自對生活本身太多的眷戀」（1995: 415），是屬於建樹性或修正的後現代主義（establishment or revisionary postmodernism）[21]。分別於一九九五年及一九九九年出版的《島嶼邊緣》與《貓對鏡》，是陳黎在一九九〇年代中後期交出的二本成績不惡的「後現代練習簿」，其中較爲人知的諸如〈腹語課〉、〈戰爭交響曲〉、〈不捲舌運動〉、〈一首因愛睏在輸入時按錯鍵的情詩〉、〈新康德學派的誕生〉、〈島嶼飛行〉、〈晨歌〉、〈紅豆物語〉、〈紀念冊〉……均已載入後現代史冊。

或許起步稍晚的緣故，陳黎的後現代風難免受到前人的影響或啓發，如〈爲懷舊的虛無主義者而設的販賣機〉之於夏宇的〈連連看〉、〈戰爭交響曲〉之於林燿德的〈六〇年代〉及〈夢之甍〉、〈新康德學派的誕生〉之於夏宇的〈社會版〉、〈晨歌〉之於陳克華的〈車站留言〉、〈南華書〉之於林燿德的〈公園〉與黃智溶的〈品鴿協會——招生簡章〉……如純就受到前人的影響或啓發而言，新世代詩人田運良分別於一九八九年、一九九五年及二〇〇〇年出版的三本詩集《個人城市》、《爲印象王國而寫的筆記》與《單人都市》，成績亦不遑多讓，尤其是他的第一本詩集更早於一九八九年出版[22]。惟就影響力及曝光率（如入選年度詩選的比例）而言，陳黎在新世代詩人群中無疑更勝一籌。

陳黎的後現代風主要以語言詩取勝。語言詩重在對文字（包括形、音、義）本身物質性的反省與重探，譬如前所舉〈不捲舌運動〉一詩，拿「史詩」一詞的字音來嬉戲，並用繞口令似的發音練習（字音相近的捲舌與不捲舌發聲）來揶揄國語注音本身的曖昧性，試看底下援引的這一段：

唸唸看：

石氏嗜詩，嗜食死屍，使十侍
適市，施施拾十四死獅
四獅屍實似石獅，十獅屍濕
似濕柿，石氏撕獅嘶嘶食
是獅，是屍，是史詩……
（ㄙˊㄙˋㄙˋㄙㄙˋㄙˊㄙˇㄙㄙˇㄙˊㄙˋ
ㄙˋㄙˋㄙㄙㄙˊㄙˊㄙˋㄙˇㄙ
ㄙˋㄙㄙㄙˊㄙˋㄙˊㄙㄙˊㄙㄙㄙ
ㄙˋㄙㄙˋㄙˊㄙˋㄙㄙㄙㄙㄙㄙˊ
ㄙˋㄙㄙˋㄙㄙˋㄙˇㄙ……）

獅屍有兩種，好的
繞口令，一如好的史詩
只有一種（1995: 116-117）

上述括號中不捲舌的注音符號，在發音上就是讓捲舌的「石氏嗜詩」繞口令「不裝腔作勢」的「原音重現」，所以這詩的前一段（第二段）即做了明確的宣示：「輕便自在的行動／舌頭成爲簡單的獸／躑躅踟躕的蛇不要／戴不慣的首飾ㄓㄔㄕㄖ／這話兒那話兒／可以不要」，國語注音符號本身字音的物質性在此完全暴露無遺。而底下這首「非詩之詩」〈取材自《詠嘆調》的四格漫畫——腦筋急轉彎＋連連看＋春宮畫＋推理小說〉，無疑是文字（形、音、義）本身物質性更爲激進的裸露：

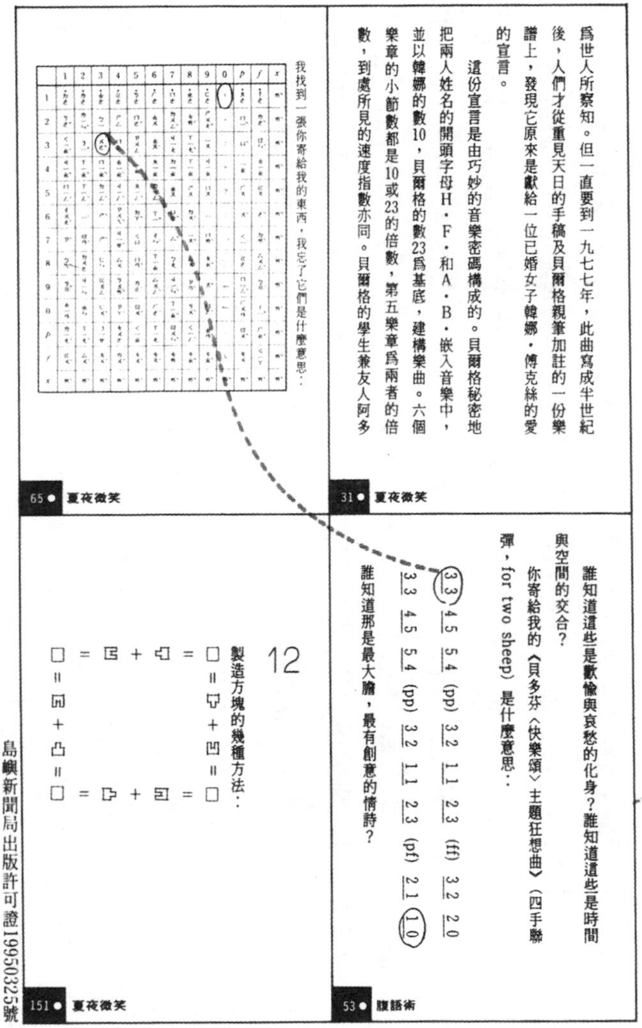

爲世人所察知。但一直要到一九七七年，此曲寫成半世紀後，人們才從重見天日的手稿及貝爾格親筆加註的一份樂譜上，發現它原來是獻給一位已婚女子韓娜・傅克絲的愛的宣言。
這份宣言是由巧妙的音樂密碼構成的。貝爾格秘密地把兩人姓名的開頭字母H・F・和A・B・嵌入音樂中，並以韓娜的數10，貝爾格的數23爲基底，建構樂曲。六個樂章的小節數都是10或23的倍數，第五樂章爲兩者的倍數，到處所見的速度指數亦同。貝爾格的學生兼友人阿多
31● 夏夜微笑
我找到一張你寄給我的東西，我忘了它們是什麼意思：
65● 夏夜微笑
誰知道這些是歡愉與哀愁的化身？誰知道這些是時間與空間的交合？

你寄給我的《貝多芬〈快樂頌〉主題狂想曲》（四手聯彈，for two sheep）是什麼意思：
3.3 4.5 5.4 (pp) 3.2 1.1 2.3 (ff) 3.2 2.0
3.3 4.5 5.4 (pp) 3.2 1.1 2.3 (pf) 2.1 1.0
誰知道那是最大膽，最有創意的情詩？
53● 腹語術
製造方塊的幾種方法：
151● 夏夜微笑

12

島嶼新聞局出版許可證19950325號

（1995: 123）

然而，陳黎的地位之所以重要，還因爲他較其他後現代詩人表現出對於台灣原住民族的關懷與尊重，例如〈島嶼之歌〉、〈白鹿四疊〉、〈在島上〉以及〈擬阿美族民歌〉（五首）與〈擬布農族民歌〉（三首）等，隱約透露出他對於族裔解放的企圖；而原住民及擬原住民從邊緣發聲，在後現代時期是不容忽視的一支生力軍（下詳）。陳黎也成了這支生力軍的一員猛將。或也因爲他出於對族群議題的關注，引發他重探台灣史的興趣，遂有〈花蓮港街．一九三九〉及〈福爾摩莎．一六六一〉之作，而後者更觸及了後殖民議題。

相形之下，與陳黎同時崛起於一九七〇年代末的三位中生代詩人猛將：陳家帶、楊澤及羅智成，一九八〇年代（尤其是中葉之後）以來，詩產量遽降，亦幾乎不見新（指全新的）詩集的出版，以陳家帶而言，遲至一九九九年出版的《城市的靈魂》（書林版），多爲其一九七〇及八〇年代上半葉的舊作；楊、羅（遲至二〇〇二年才交出舊作《夢中書房》）二氏的情形亦同。加上他們又不願和後現代對話（惟羅智成稍加觸及）[23]，遂使得這三個在之前的詩史上一度發光發亮的名字，幾近「消失」在一九八〇／九〇年代的歷史舞台，反而不及本土詩人向陽、李敏勇以及中堅詩人蘇紹連、蕭蕭、陳義芝、張錯等人的意氣風發。其中楊澤及羅智成在一九七〇年代末及八〇年代初被年輕詩人風靡起而追隨的所謂「楊澤風」、「羅智成風」，十年之後已被更年輕、更自在的「夏宇風」取而代之，夏宇那種隨興式的詩風，已經成爲「後現代一絕」，更影響了在她之後更年輕的詩人如丘緩等人。

二、新生代詩人：夏宇、陳克華、林燿德及其他

介於中生代及新生代詩人中的夏宇，無疑是「後現代的奇葩」，她的後現代詩作甚至早於羅青、孟樊、林燿德等人的後現代理論。例如收入《備忘錄》中而寫於一九七九年的〈連連看〉與〈說話課〉，以及寫於一九八二年的〈歹徒丙〉與〈社會版〉，尤其是前兩首出現於寫實主義鼎盛的一九七〇年代末，確是令人刮目相看。其中〈連連看〉一詩幾成了前衛的後現代詩的經典，屢爲評論家提及。〈連連看〉原詩如下：

信封　　圖釘
自由　　磁鐵
人行道　五樓
手電筒　鼓

方法　　笑
鉛字　　□□
著　　　無邪的
寶藍　　挖　（1986: 27）

此詩顯然乃戲仿自小學生一種國語測驗題「連連看」的形式，上下兩欄各八樣詞組或字彙/符號，詩人彷彿出了一道測驗題，要讀者來參與文本的遊戲。由於上下欄之間難以找出完全可以契合或對應的組合，致使參與遊戲的讀者最終尋繹不出確切的答案[24]，是一種完全開放的形式。這是哈山所說的「無關聯詞並列句法」（parataxis），也是分散（dispersal）而無中心（decentering）的（1987: 91）。至於〈說話課〉一詩，就像自言自語般的夢囈，盡「說」些無聊透頂的「話」，首揭「無深度感之詩」之風：

有些人永遠不可能跟他說話
有些人只說一些話
有些人可能比一些還多

另一些極少極少的
也許只有一個
可以說許多許多

那說了許多的說了又說又說還說
那說一些的不曾再說
比一些多的也只是比一些多
那永遠永遠不說的
始終始終
永遠始終永遠不說

這一切
不如不說
這一切
不如不說（1986: 28-29）

首先，這首詩用了很多重複出現的贅語，這些贅語並非修辭學上的類疊。其次，我們找不出它裡面眞正的「內容」是什麼，正因爲如此，這首詩才顯得淺薄，也就是不具深度感，這和羅青那首〈多次觀滄海之後再觀滄海〉有異曲同工之妙[25]。再次，最後一段（「這一切／不如不說」）可視爲詩文本的對象語言（object language），也可視爲針對之前二段的對象語言發話的後設語言，亦即前面兩段所說的那些話「不如不說」（但說一遍還不夠）。主流的現代主義批評家（寫實主義者則根本不屑一顧，甚至認爲此非詩也）會說詩文本中的這些「無聊的話」，就是對詩主題「說話課」的反諷，問題在現代主義者不會用這種平板無趣的文本來做爲反諷的訴求。哈山說，現代主義談的是「根」（root）和「深度」（depth）；而後現代主義談的則是「莖」（rhizome）與「表面」，良有以也（1987: 91）。

文類界限的模糊化，向來亦被視爲是後現代主義的重要特徵之一（Jameson, 1985: 112），其實這也可視爲前所說語言物質性自我暴露後所產生的現象，字形、字音及字義的固定性，是人爲約定俗成的結果，但約定俗成並非鐵律，亦即並非不能打破。夏宇的〈歹徒丙〉及〈社會版〉二詩，一則以漫畫、一則以圖象示之，形同詩的跨界，除了將文類界限人爲的規定性打破外，也對「何謂詩之語言」提出質疑。〈歹徒丙〉原詩如下：

（1986: 88）

此詩已非一般所謂的「圖像詩」。圖像詩仍是屬於以文字爲主的文本，詩中所示圖像本身係由文字構成，就組成文字的物質性來看，它顯然尚未跨越文字的界限。〈歹徒丙〉則進一步由「字」跨向「畫」。底下的〈社會版〉一詩，情形亦同，並影響了陳黎〈新康德學派的誕生〉[26]：

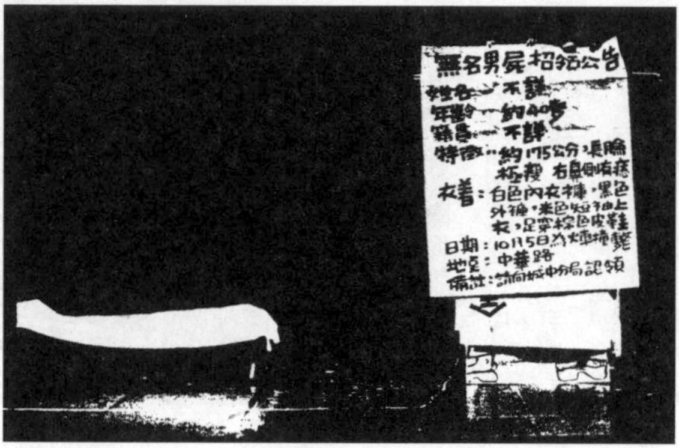

（1986: 88）

然而，如前所述，「夏宇風」之所以會風靡一時，主要係由其所開創的隨興式（random）寫法有以致之。隨興式語法有點類似超現實主義慣用的自動寫作（automatic writing），自動寫作以自動語言行意識流的自由聯想（商禽的《夢或者黎明》被視爲其中翹楚），其所造成的非理性或反理性、反邏輯的效果，似乎和後現代即興式表演（happening performance）如出一轍。但超現實主義的自動語言是夢囈式的，由潛意識所趨使；後現代主義的隨興式寫作則是詩人有意識地任意爲之。夏宇的隨興式語法自《備忘錄》起就有跡可循，到第二本《腹語術》更無以復加，隨興式語法俯拾皆是，像〈我們苦難的馬戲班〉一詩，簡直要「氾濫成災」。至於整本書具有後設創作意味的《摩擦．無以名狀》，則發揮得更淋漓盡致，可謂爲隨興語法之「集大成」。或許由於她玩得太過頭，羅智成在序文中提醒她「可以回航了」，蓋「藉由她的實驗，我們經歷到詩創作一次夠大夠遠的可能性冒險」（夏宇，2001b: n.p.）。

夏宇在後現代時期所帶來的革命與顛覆尚不只如此，率先發表在一九八三年的〈姜源〉一詩，就頗有女性主義的色彩，李元貞認爲「這首詩再三強調女人的生殖慾望，而且行文的順序是先強調女人交配、繁殖，才有子嗣立國，頗有顛倒父權社會以生產（production）先於生育（reproduction）的說法」（2000: 42）。生殖慾望連接性慾望，傳統上，性慾望被壓抑在婦女內心深處的最底層，卻被夏宇的〈野獸派〉給解放了：

二十歲的乳房像兩隻動物在長久的睡眠

之後醒來　露出粉色的鼻頭
試探著　打呵欠　找東西吃　仍舊
要繼續長大繼續
長大　長
大（2001a: 22）

二十歲女性的乳房瓜熟蒂落——露出粉色的鼻頭（乳頭），情慾也因此甦醒（「在長久的睡眠/之後醒來」），試探著找東西吃（因兩顆乳房被比喻爲兩隻動物）意味著想滿足其情慾，而且還要「繼續長大」，也就是繼續滿足其情慾。這是一首典型的情色詩，而情色詩（erotic poetry）擅場於台灣詩壇，也是後現代時期的重要特徵之一。

談到一九九〇年代台灣的情色詩，就不得不提陳克華了。陳克華於一九九五年出版的《欠砍頭詩》，堪稱情色詩一絕。在此之前，尤其是相對於舊世代的情色詩（例如余光中的〈鶴嘴鋤〉、〈雙人床〉，以及朵思的〈詩句發芽〉），從來沒有直接「粗率」如陳克華者（但在他之後有女性主義詩人江文瑜）。廖咸浩說他的情色詩是建築在他自己的「猥褻美學」上（這是詩人在該書中的「夫子自道」）（1998: 45），或許是因為他採取的是薩德（Sade）敗德式的猥褻美學，以致其情色詩之如此率直粗鄙，光是這三首詩〈閉上你的陰唇〉、〈「肛交」之必要〉和〈請讓我流血——愛麗絲夢遊陰道奇遇〉的題目，就讓人夠「膽戰心驚」的了。奶頭、乳溝、陰唇、陰莖、精液、處女膜、陰道、肛門、陰囊，以至於屄、屌等等與男女性愛有關的器官，直接開門見山、單刀直入（不必像鍾玲含蓄地用「旋你入我的颱風眼」或「由櫻桃肉的雲層/鑽入」如此迂迴的說法），這是現代詩的性學革命。請看〈請讓我流血〉底下這段粗率的語言，便能一目瞭然：

讓我流血流血
流血繼續流血以證明我是一名稱職的處女
以你男性的堅硬和尖銳
展示你巨大的胃囊森然的牙
溫暖的肛門和暢通的直腸
還有你肥腫的腦葉和煽動的鼻——（1995: 139-140）

廖咸浩說陳克華的情色詩「基本上意在政治」，主要是用來凸顯並搖撼社會的禁制，尤其是異性戀體制的禁制（1998: 45），洵爲的論。〈閉上你的陰唇〉堪稱性政治（sexual politics）詩學的最佳範例。此詩一開頭就先說明詩中的這個「你」（指女性）「已然明瞭這個體面但強暴過你的世界/情與非情的分野/獸與禽獸不如的人類」，所以底下第二及第三段才進而點出「你」欲以性做爲權力重新分配的手段，「你」的被操其實就是對男人的「顚覆」與「解構」（所以誰操誰尙未知）：

你說你已經成長成熟甚至
爛熟的境地
性與權力的重新分配
頹廢的　與神經錯亂的屄
你也都熟悉

你說什麼垃圾皆可以倒進你的乳溝
你是頭頂生瘡腳底流膿的大地之母

你的褻衣萬國旗
你說讓我顛覆，讓我解構
讓我以凱撒的口吻說：
我來，我見，我被操（1995: 60-61）

詩中與「你」對話的這個男性「我」（不是上舉第三段中的我），卻是蠻「法西斯」的，也許是他害怕被「你」給顛覆，所以在詩末終於擺出一副大男人的嘴臉而喝斥：「可是在我眞正聆聽之前/你何不先閉上你的陰唇」。陳克華如此具性政治意涵的猥褻美學，主要和他耽於肉慾的想像有關，而這或許又與其醫生身分有關。他耽於肉慾的傾向，從他對於「啞鈴」（可以健身）的歌頌即可看出，而以底下這首以後現代式並置手法完成的〈肌肉頌〉最爲顯目：

肱二頭肌。你愛我嗎？
比目魚肌。萬歲，萬歲，萬萬歲。
股四頭肌。人民是國家真正的主人。

大胸肌。我的家庭真可愛美滿安康又溫馨。
陰道收縮肌。用過請棄於字紙簍。
眼輪匝肌。祖國的山河是多麼的壯麗。
腓腸肌。快樂嗎？很美滿。
上斜肌。正確的性愛姿勢。
肛門括約肌。免洗餐具，斯斯，生髮劑。
腹直肌。愛國、愛民、愛黨。
擴背肌。告訴你一個民族英雄的真實故事。
皺眉肌。微笑，微笑是人際關係的潤滑劑。
豎毛肌。一、二、三，到台灣。
大臀肌。流行使你健康。
上額肌。讓我們永遠追隨神的腳步。
提睪肌。勝利第一。情勢一片大好。
橈側伸腕肌。服從，服從，還是服從。

咀嚼肌。拳頭，枕頭，奶頭。
吻肌。你從未感受過虛無嗎？
肱三頭肌。真他媽的虛無。（1995: 40-42）

事實上，在此之前，亦即在陳克華未大幅轉向之前，係以科幻詩聞名，雖然他的情色解放傾向在一九八〇年代前期已有跡可循[27]。科幻詩當然不是陳克華的專利，羅青、赫胥氏、林燿德都曾刻意經營過，但以陳克華（以及在他之後的林群盛）的企圖最大。他完成於一九八〇年之前的科幻長詩〈星球紀事〉，如今已成了科幻詩的經典，完整的敘事、幽邈的想像、新的科技語言，交代了一個文明滅亡後餘生者的故事，為現代詩的發展樹立了一個新的文類，讓更具後現代精神的繼踵者林群盛可以「玩」得盡興。

另一位科幻詩的高手是具有「十項全能」（詩、散文、小說、評論、劇本，無不涉獵，且均有可觀的成績）的新生代佼佼者林燿德。根據淩雲夢的分析，林燿德的科幻詩可分為三個類型：一是科幻敘事詩，如長詩〈木星早晨〉、〈光年外的對望〉，可說是科幻小說的變體；二是科幻抒情詩，如〈超時空練習曲〉，係以未來做為場景，用抒情化的敘事體裁抒寫愛情，並扣合時代性的指涉；三是科幻推理詩，如〈不明物體叢考〉、〈可思莫思——斷想二十世紀〉等，乃對科幻式的道具，如天體、物理、化學現象等，做知性思考（1988: 254）。可見林燿德對於科幻詩的經營別有用心，並且自成體系，爲其他詩人所不及。

林燿德的詩思縝密，企圖宏大，在新形式的開拓上極具野心，正因爲如此，他的詩向以知性見長，極少規規矩矩地寫些抒情短詩，雖然其創作路數不與洛夫同列（毋寧說較近於羅門），但就其擅於「搞怪」的詩風，譽爲年輕一代的「小詩魔」亦不爲過，惜乎英年早逝。在後現代時期，林燿德堪稱爲「全方位詩人」，舉凡後現代語言詩、圖像詩、科幻詩、都市詩、情色詩、政治詩、反戰詩等，無不嘗試（只是他太急於展露他博覽群書的知識潔癖），影響同時代的年輕詩人無數（田運良、林群盛等）。例如〈資訊紀元——《後現代狀況》說明〉與〈公園〉二詩，和黃智溶的〈品鴿協會——招生簡章〉、林群盛的〈「地球進化概論」目錄〉可謂是「近親繁殖」（發表時間相近），至於後來鴻鴻的〈超然幻覺的總說明〉（或也受到夏宇〈連連看〉的啓迪）、陳黎的〈南華書〉，以至於管管的〈『馬華當代詩選』的「目錄」之「翻印盜版抄襲」拼貼之非詩之詩之恥或偉大〉，或多或少也受到該二詩的影響——至少是一脈相承。

無論在詩的內容及形式上，林燿德的表現皆頗具開創性，即以標點符號的使用為例，他打破一般齊頭分行詩將之置於行尾（有時視斷句效果放在句中）的習慣，反其道而行地把它移到行首，這也影響或啓發了更年輕的詩人，如田運良、顏艾琳[28]……甚至一些Y世代的網路詩人，但在老中一代詩人身上，幾乎找不到這種「惡行」。即以〈眞理與謊言〉一詩爲例，此詩開頭一段用論述性文字說明：「眞理」與「謊言」二者「在歷史的天平上/兩者等重」，而彼此相互詮釋、考察、檢驗、證明——至此標點符號的使用仍符常規，但到底下第二段，它的悖逆性就出現了：

留下語言
抹拭意義
啊　世界是一本失落註解的辭典
所有　被反覆　反覆書寫的文字
、，；互相傾軋
」…「互相滲透
——（互相匯融

）？！·互相瓦解（1988b: 131-132）

標點符號被置於行首，不知是否就是上述這些文字（語言）抑或本詩的題旨「眞理與謊言」意義被抹拭（因互相傾軋、滲透、匯融、瓦解）之後的反襯？還是詩人一時興起的「遊戲」？此種形式的顚覆性在被視爲典型的「後現代政治詩」的底下這首〈交通問題〉上更可見一斑（廖咸浩，1998: 42）：

紅燈／愛國東路
／限速四十公里
／黃燈／民族西
路／晨六時以後
夜九時以前禁止
左轉／綠燈／中
山北路／禁按喇
叭／紅燈／建國

南路／施工中請
繞道行駛／黃燈
／羅斯福路五段
／讓／綠燈／民
權東路／內環車
先行／紅燈／北
平路／單行道／（1988b: 114-115）

明眼人一看，便知「交通問題」其實就是「政治問題」。如同白靈所說：「如果追索台北市地圖，我們可以發現愛國東路和中山北路不可能交會（實際是中山南路），羅斯福路『五段』、民族西路、建國南路、民權東路、北平路則根本南轅北轍，並未眞正交會，又如何去左轉右轉呢？」所以「交通問題」是假，「政治問題」才是眞，因爲詩人「嘲諷的是：『愛國』東路上要限速，不要跑太快；在『民族』向『西』的道路上禁止向『左』轉；在『中山』先生三民主義的大道上要『禁按喇叭』；在『建國』大道仍然施工時，碰到『羅斯福』路要謙讓；在『民權』東路上要『內環車』先行。最後，碰到『北平』路時絕對紅燈，無路可回，因爲是單行道。」（1988: 34-35）

這首詩是政治嘲諷詩殆無疑義，問題在爲什麼要用這種不連貫（意義及詩行上的迴行）的並置分行形式來呈現？寫實主義者及現代主義者不必也不用這種前衛的形式來表現，可見此詩之重點在其形式上的創新（如同夏宇的〈連連看〉），而不在其意義上的構造，而且它故意破壞現代主義者所強調的主從關係句法（hypotaxis）（Hassan, 1987: 91），因此說它是後現代政治詩並不爲過。

林燿德的政治詩除了在語言形式上極力創新之外，和一九八〇年代興起帶有批判味道的政治詩不同的是，他的視野通常是面向全球的，《妳不瞭解我的哀愁是怎麼一回事》書中卷五所收的政治詩即爲顯例，他把觸角伸向日本、菲律賓、印度、中東以至於波蘭，而不只局限於台灣本島。或謂如此係在掩飾其政治立場，但從前述〈交通問題〉一詩中，實已不難窺知其政治態度。祇是他的政治詩寫得再如何諷刺，都不忘顧及形式的創新，以至於讓文字本身之物質性躍然紙上，如〈世界偉人傳〉一詩：

這一本號稱流通廣遠卻早已絕版的
《世界偉人傳》，頁頁都有奇特的肖像；
頁頁都在右上角標明血一般濃腥的
紅字——禁射區域。今夜，
失眠的我每翻閱一個名字，都聽聞到
來路不明的無間的爆炸：轟轟轟轟轟
轟轟轟轟轟轟轟轟轟轟轟轟轟轟轟轟
轟轟轟轟轟轟轟轟轟轟轟轟轟轟轟轟
轟轟轟轟轟轟轟轟轟轟轟轟轟轟轟轟
轟轟轟轟轟轟轟轟轟轟轟轟轟轟轟轟
轟轟轟轟轟轟轟轟轟轟轟轟轟轟轟轟
轟轟轟轟轟轟轟轟轟轟轟轟轟轟轟轟
轟轟轟轟轟轟轟轟轟轟轟轟轟轟轟轟
轟轟轟轟轟轟來不及分辨炮火的國籍

轟轟轟轟轟轟來不及猜測火炮的血統
來不及撐開偉人們傳授的核子陽傘我
已經倒臥在一片，一片世界的燼餘中
。
噢，我的　世　界　偉　人　傳（1988a: 276-278）

轟字的「一轟再轟」，像疲勞轟炸般，令人心神不寧；而從其本身字形及一大塊重疊在一起的效果來看，亦近似爆炸的形狀，極易讓人引發對其字音及字形的注意，尤其是最後置諸底下倒栽蔥橫躺的一行字「世界偉人傳」，它的諷刺效果主要還是依靠字形位置變化後的關係。這種對於文字本身物質性的強調，在〈五〇年代〉一詩中更爲凸顯：

孤獨的孤獨的孤獨的孤獨的孤獨的孤獨的孤獨ㄉ孤獨的孤獨
的孤犸ㄉ孤獨ㄉ孤犭

當你重複在紙上寫下十個「**孤獨的**」或者更多，
瓜犸也擁擠得**孤獨**不起來了。
好比月亮，
在詩集的封面畫上一千個也無濟於事；
它活該淪落在地求的另一半時，
如何祈禱也不會出現在誰**孤獨**ㄉ額頭上。

好比狼，
子比熱帶島的午寐，
好比復國的幻覺，
好比檳郎樹飄泊海濱
甚至好比自慰好ㄓ

，啊五〇年ㄔ是**孤蜀**ㄉ

九ㄟ六

（1988: 94-95）

一九五〇年代爲什麼是「孤獨的」？我們不容易想像；而好比「熱帶島的午寐」、「復國的幻覺」，這我們可以體會。但「好比狼」、「好比檳榔樹飄泊海濱」，尤其是前者，我們就莫名所以。原來這和紀弦有關，他的名詩〈狼之獨步〉以及《檳榔樹》（甲、乙二冊）詩集均與一九五〇年代有關，尤其〈狼〉一詩起頭就說：「我乃曠野獨來獨往的一匹狼」，狼是狐獨的，所以一九五〇年代亦是孤獨的[29]。然而，一九五〇年代那一匹狼是否孤獨恐怕無關本詩宏旨，蓋讀者首先以及主要被吸引的是「孤獨」二字本身的「缺手缺腳」，這是字形的自暴其短，和夏宇《腹語術》中的〈降靈會III〉一詩有異曲同工之妙（林詩發表在前），只是〈降〉詩走得更極端[30]。

在首揭後現代大纛的羅青、夏宇、陳克華、林燿德、黃智溶[31]之後，各路群雄蠭起，尤其是年輕詩人更具挑戰及實驗的企圖心，林群盛、鴻鴻、羅任玲、許悔之、田運良、丘緩、顏艾琳、須文蔚、江文瑜……各自都有佳績，或對形式的大膽實驗，或對語言的勇於創新，或對情慾的直言不諱，或對性別意識的重新反省，在在都顯露出從邊緣出發以挑戰甚至是瓦解主流建制的「膽識」。譬如林群盛《聖紀豎琴座奧義傳說》中的一系列科幻詩中，有以標點符號「？」、「，」及「——」爲題目的三首短詩。〈？〉一首，只有詩名「？」一個大問號，卻沒有任何「內文」（確實會令人生出問號？）；而〈，〉更像一首「科幻童話詩」：

一輛汽車在窗外地球著我的
臉
然後
有一隻三葉蟲
莫名其妙的瞪了
車一眼
徐徐爬了過去
窗內的我笑了起來：
「這星球
彷彿可以彷彿」
天空竟有
一隻羽齒龍飛近
一邊啣著太陽的切片
一邊標本自己的呵欠

向三葉蟲說了聲：

「午安！！」

（嗯　可是汽車並沒

有哭呢）（1988: 36）

林群盛是否要用內文的故事來狀形（描繪詩題——逗號的形狀），我們「莫名其妙」，但總讓我們對標點符號本身的功用泛起自覺意識。林群盛這種「挖語言符號牆角」的企圖，在他下一本詩集《星舞獨角獸神話憶》裡更是變本加厲，如〈戀占〉、〈水舞〉、〈學園旅行時空紀事〉、〈星潮汐月舞曲〉，均有相當前衛的「演出」。

然而，說到前衛的演出，再怎麼樣都比不上更新崛起的網路詩在電腦網頁上所呈現出來的多媒體空間那般魅惑誘人，須文蔚在《聯合報副刊》文學咖啡屋網站（http://novel.udngroup.com.tw）上所發表的〈一首詩墜河而死〉等八首所謂的「多向詩」、「互動詩」，乃是利用電腦網路的特性，結合文學、圖像、動畫等多媒體完成的「超前衛作品」——它的未來可能比後現代還後現代。近年來須文蔚以「網路」竄起，其名字幾乎與「網路詩人」劃上等號。但無論如何，就現階段來看，新詩之創作仍以平面媒體做為主要的介質，也以文字為主要的創作工具，而如從平面媒體的呈現來看，田運良在《單人都市》中的政治長詩〈革命錄〉，其極盡前衛之能事，擬集「形式革命」之大全的企圖，昭然若揭。它用文字狀色，把標點符號置行首，拉長詩行故意不加標點符號，讓大冒號和小冒號內的文字兩邊對話，用文字排成中華人民共和國和中華民國的地圖形狀，且用不同字體標明相異的地理環境與空間，還附上圖形閱讀說明以及符號與字體代表涵義的註解（其中黃河及長江並引王之渙〈出塞〉及李白〈送孟浩然之廣陵〉二詩排成河形）。遺憾的是，兩岸難以苟合的政治對話，卻被這出奇的形式給遺忘了。

形式玩過頭反而令人杌隉不安，倒不如像底下羅任玲這首〈旅遊旺季〉來得輕俏可「樂」：

他在敘利亞博物館吃便當魚飯
在印度國立博物館拍照留念
在華盛頓航空博物館買門票
在大英博物館中庭迷失方向

在美國國立歷史博物館竊笑
她在倫敦科學博物館偷偷補妝
在柏林世界民族博物館呵欠
在歐洲自然史博物館上廁所
在埃及博物館幻想英俊法老
在很熱鬧的旅遊旺季，快樂（1990: 57）

這首詩援用了後現代「無厘頭」式的並置手法，主題雖都跟「逛博物館」有關，但前後由「他」及「她」所形成的兩個段落，彼此也未形成對照或連貫的關係，尤其是最後一行突如其來的總結性詩行（若就對比性而言，「她」段就因此少了一行），何況這些「無厘頭式的動作」，彼此並未產生什麼積極的意義。加上此詩副標題「現象學ㄔ」——ㄔ是指吃、痴？還是摛呢？更令人莫名所以。羅任玲在一九九〇年出版的《密碼》詩集中，尚有不少令人莞爾的後現代童話詩（鴻鴻在這方面不遑多讓），頗讓人眼睛一亮，惜中期以後創作量日漸減少。

相較於羅任玲的「清純可喜」詩風，顏艾琳的《骨皮肉》及江文瑜的《男人的乳頭》在詩思的表現上，便顯得大膽激進了（顏艾琳還曾在《自由副刊》上裸體入鏡）。顏、江兩人直暴欲望，毫不忸怩地向虛偽的性道德宣戰，顏正面肯定「情慾之必要」，江則進一步以性爲顚覆陽具思想的武器，迎頭痛擊。她們的勇於表露，自然令舊世代詩人「看傻了眼」，瘂弦即坦言，顏艾琳的情色詩是幾十年來情色作品的「總顚覆」，她敢於「言人之未曾言，言人之未敢言，言人之不好意思言」[32]（顏艾琳，1997：39）。例如〈水性——女子但書〉輯詩中的〈潮〉：

日子剛過去
經血沖洗過的子宮
現在虛無地鬧著飢餓；
沒有守寡的卵子
也沒有來訪的精子
只剩一個
吊在腹腔下方的空巢，

無父無母、
無子無孫（1997: 36）

這種女性性飢渴的「眞情告白」，確也令人「驚豔」，惟瘂弦說「一點也沒有淫邪之感」，恐怕未必。要不然再看看更爲聳動驚人的江文瑜的情色詩（應該說是性愛詩），較諸顏艾琳那更是有過之而無不及了。江文瑜的遣詞用句不僅大膽而且更爲直接——這點男性詩人中大概只有陳克華可相媲美，這些赤裸裸、火辣辣的句子在《男人的乳頭》中俯拾皆是，例如：「我橫躺的屄開始抽慉」、「撕裂我的下體／薄膜破裂／鮮血衝破陰暗口道」、「我逐漸遺忘兩片陰鬱的唇」、「幹妳老母雞巴」、「堅挺的乳頭滲出豐沛的乳汁」、「尖硬的陰唇／泌流黏狀的潤滑液」……這實在比顏艾琳那副「吊在腹腔下方的空巢」更激進，套用瘂弦的話說，可謂是「總顚覆的再顚覆」。

男性詩人許悔之則提供了另一種情色的顚覆。許悔之在年輕詩人中創作質量俱佳，有目共睹，題材亦不斷翻新，出版於一九九四年的《我佛莫要，爲我流淚》則另闢蹊徑，以佛家語彙入手玩弄情色，不僅一舉顚覆、瓦解周夢蝶、夐虹的「禪心」與「佛意」，還要讓「夜叉迎著佛陀祖露下體」——蓋詩人〈有歌曰〉說：「以色見／音聲求／人行邪道／如此歡喜」。廖咸浩說：「許悔之的這些詩基本上都從對佛陀之『大不敬』出發，但所營造乃佛陀於濁世中無所不在，尤其更常在情色的無邊深淵中……他的妄誕囈語卻不時流露出內心的疑慮：究竟佛陀是『要』或『莫要』？流淚是狂喜或是悲憫？也就是說，情色之快感究竟是來自與佛陀一體？或來自對佛陀之大不敬？或兼而有之？」（1998: 46）

顯而易見，新世代（包括中生代及新生代）詩人在後現代時期繳交了一張很不一樣的成績單，雖然不能說是「異」軍「突」起，但其「怪」「異」之表現，看在舊世代（也就是前輩詩人）眼裡，實難以消受，是以無論任何「派系」多半對之不懷好感。吳德（Tim Wood）在談論伯恩斯坦的一篇文章時曾提到，大多數對於刊在類如 *L=A=N=G=U=A=G=E*（北美後現代詩的大本營之一）詩刊上的作品評論的文章都強調，我們不應再未加深思便對那些再現詩人聲音的傳統風格予以高度的信賴（2001: n.pag.）。後現代時期的台灣詩壇情形亦同。誠如伍德斯（Tim Woods）所言，語言詩派這樣的後現代詩人，是「符號的政治」（politics of the sign）優先占據了他們，他們的詩涉及對再現手段（the means of representation）以及認同政治（a politics of identity）——包括地域的、階級的、族群的與性（別）的抗爭（1999: 75）。

底下一節，試著從這樣的觀點，就作品本身來加以分析。

第五節　後現代時期的詩作特徵

在《後現代主義與社會科學》一書中，後現代學者羅森瑙（Pauline M. Rosenau）（參見註[21]）將形形色色的後現代主義粗略地分爲兩派，即懷疑論／派的後現代主義（the skeptical postmodernism）與肯定論／派的後現代主義（the affirmative postmodernism）。前者（多爲歐陸學者）的態度是否定的、消極的、沮喪的，認爲後現代時代是一個破裂的、分離的、抑鬱的、缺乏道德變數的，以及社會渾沌的時代，他們看到的是後現代主義陰暗的一面，所以強調死亡的急迫性，如主體的駕崩、作者的終結、眞理的不可能性，以及再現秩序的撤廢（the abrogation of the Order of Representation）。後者（多爲北美學者）對於後現代時代的看法較爲樂觀，較爲期待，他們對積極的政治行動諸如鬥爭與抵抗，採取開放的態度，願意尋求非教條的、暫時性的以及非意識形態性的哲學與本體論的智識實踐，而且不羞於做規範性的選擇，以及努力去建立特定議題的政治聯盟（1992: 15-16）。

準此以觀，台灣後現代時期的主要詩作，也不純然一味的只在「反」、只在「破」，雖然詩人（尤其是新世代詩人）本著符號政治或文本政治的立場出發，在反經典、反傳統、反主流、反權威、反體制之餘，也未必沒有「建」或「立」的企圖，這當中存在有「積極性」、「肯定性」的一面。廖咸浩在分析陳黎的後現代詩風時曾讚許他是「最豐滿的後現代風」，原因之一是「陳黎的後現代風的自由與不羈卻是源自對生活本身太多的眷戀」，而「面對著生活，他看到了無窮無盡的色彩與聲音」（1995: 5）。做爲詩人，陳黎以文字來描繪生活的色彩與聲音，只是在後現代時期，他的語言「正在重新經歷文藝復興般的騷動」。廖咸浩認爲：

> 他熱切的（重新）學習語言、發現語言。「語言」意味著什麼呢？當然是一個全新的世界。這就是陳黎的「馬賽克理論」。在一個語言裡，其實每個字都曾是全新的馬賽克：不知始終，只有晶亮的自己。但日子久了，光彩漸漸暗淡……陳黎所做的就是把馬賽克逐一加以擦拭。但是有時候還不只是擦拭，而是著上新的顏色；讓每一個字，又變成了全新的世界。（1995: 6）

陳黎自然只是例子之一，亦即後現代詩人中並不乏積極性的思考者。這也就是說，若從上述肯定論的後現代主義的觀點來看，台灣的後現代詩不純然沒有意義，或不尋求意義，即便其意義是要從後設的層次來看，只是它採取的是開放的態度和形式。此外，儘管新生代是後現代時期的要角，但少數舊世代以至於主流的中生代在創作上亦有所回應，在「接招」之餘，也要有人「出招」——只是在歷年的年度詩選中很難看出端倪。底下就讓作品本身「說話」。惟在進行下述作品的分析前，尚有一點必須說明。依據伍德斯的歸納，英美的後現代詩（雖然有不少詩人抵拒後現代的觀念，反對自己被歸爲「後現代」那一邊）約有如下七項共同的特徵（1999: 77）：

(1)對先前被認定的形式的抵拒，這些先前被認定的形式則指定了語言及意念如何安置。

(2)反對封閉，主張開放形式，比如「開放場域」（open field）式的構文、「新詩句」，以及其他非由正統詩所傳承的形式。

(3)對「抒情主體」（lyric subject）的挑戰（抒情主體被視爲一統合性的聲音，在詩中掌管著詩人的意識），而採納一種更爲分散與多元的聲音。

(4)對於深植於以口語形式爲優先性的「在場詩學」（poetics of presence）的質疑，熱烈地開拓語言書寫的或文本的層面。

(5)堅持意符（或符徵）的物質性，並欣喜於打開這種認知（指意符的物質性）的可能性。

(6)履行一種「參照項政治」（a "politics of the referent"）；易言之，即它們和語言的遊戲及其「規則」，乃係對賦予支配性語言形構或模式（dominant linguistic formulations or patterns）的意識形態權力一種縝思性的挑戰。

(7)持續性地強調詩人社群共享的實踐，以反對個人主義的意識形態。

伍德斯上述的七點歸納，是從比較狹隘的後現代主義的觀點來看的。如前所述，一來台灣後現代詩人除了因應西方後現代思潮的衝擊之外，亦發展出自己的特色，即所謂「後現代的全球在地化」（前所舉陳黎是一個例子；另外，後現代科幻詩在台灣也創出自己的另一種風格）。二來所謂「後現代時期」指謂的是一個新起的不同於以往的時代，光是一個狹義的後現代主義（尤指後現代語言詩）並無法和一個時代完全劃上等號，這裡面其實容納了在意識形態上（以至於創作手法上）多少或有不同的各種詩風（如女性主義與後殖民主義，和後現代彼此的關係就有相互重疊和矛盾的地方），不能一概而論——即便語言詩可能扮演了主角的角色（詳見本書第三章）。然而，亦如前所述，如果我們從較為廣義的「後現代精神」出發來看一九八〇／九〇年代這一時期的變化，說穿了厥為「解」（de-）一字而已，換言之，就是「反經典、反傳統、反主流、反權威、反體制」的詩風或詩潮。底下即係以此種「解」的角度，按照作品特徵的歸類舉隅說明，分類標準則不求統一。

一、語言詩

語言詩旨在詩語言／文字的物質性之暴露，藉此質疑「何謂詩之語言」這樣的問題，它的表現往往流於一種膚淺、表面的文字遊戲，而讓人忘了它背後出於「文本政治」或「符號政治」動機的深意。由於它的新穎以及出「奇」不「意」，著實令不少新世代詩人爭相仿傚，甚至形成跟風，上所說陳黎、夏宇、林燿德等人都是此中高手。除上所舉詩例外，劉季陵的〈日課表：國語〉（整首詩用國語注音代漢字書寫）、林燿德的〈鑽：G大調長笛協奏曲〉（如這一段詩句：「哦，一顆鑽／終極硬度：／cut the clit／cut the cLit／cut the clIt／cut the cliT／CUT the clit／clitorizes the MEN／剖開，她的G大調／曲式喲」）、夏宇的〈失蹤的象〉

〈用圖畫——有貓、龜、蛇、恐龍、螃蟹、鱷魚、企鵝、鯨魚、甲蟲、小雞、花果、鳳梨、長椅、書包、三角鐵、油漆——代字，表題意「失蹤的象」〉[33]與〈隨想曲〉（把螞蟻在字紙上走過的字跡標示出來）、管管的〈的法國梧桐不同〉（從詩題開始就讓讀者考慮是否把作者的名字加上去，成了「管管的法國梧桐不同」，詩從「梧桐跟梧桐不同」起，耍嘴皮子似地重複說了一大串什麼跟什麼不同，如「張愛玲與李清照不同，林泠與夏宇不同，李昂與何春蕤不同，西蒙·波娃與查泰萊夫人也不同」，是他馬的不同也他媽的不同！讓詩人在字義上一再推磨）[34]、田運良的〈孤獨雜誌（Solitary Magazine）——不定期出版的心情〉（如開頭出現的上下引號之間的標點符號：。、，、；、……、、、？、『、——、（、）！、：、。、』，讓詩人揣測「會在什麼版面／被支離破碎地美麗編輯著……」）以及林群盛的〈學園旅行時空紀事〉（末段〈After〉的「≫ΦMQ⋎‖／φ↗•ɑ‖‖」標示著公元二七六九年以後的新文字），都是語言詩的顯例。

陳黎的《島嶼邊緣》和《貓對鏡》二本詩集中，出現的語言詩最多，如〈英文課〉、〈腹語課〉、〈戰爭交響曲〉、〈三首尋找作曲家／演唱家的詩〉、〈一首因愛睏在輸入時按錯鍵的情詩〉、〈爲宇宙家庭之旅的海報〉、〈紅豆物語〉……幾乎每一首都各創一種新類型，但也可以說他有「語言虐待狂」傾向，詩語言被他凌虐不堪，如〈英文課〉中中文被拿來做爲國一英文課初級英語的替代品；〈腹語課〉中將ㄨˋ與ㄜˋ音同字不同的字成串排列——故意令人看起來不舒服的字，然後用腹語發出的聲音卻反諷地說「我是溫柔」「而且善良」；儘管如此，讓人印象最深刻的依然是那一長串惡形惡狀的同音異字。至於羅青那首〈一部關於〈米雪〉的修辭史〉更叫人拍案叫絕，詩中以米和雪以及米雪三者的字音、字義，玩弄了一場語言遊戲（名曰「修辭史」），更藉此揶揄了不同意識形態及政治立場的人（然後詩人始洋洋得意地說：「事實上她的名字有時就叫『密戲』／有時候卻被寫成『醚穴』／印成『迷學』，唸成『謎血』／更經常拼成了 Michael or Michel」，雖然他的 LOVE 是 MICHELE）。另外，前輩詩人向明的一首〈無聊檔案：DM〉亦有異曲同工之妙。

二、圖像詩

圖像詩（pattern poetry）或具形詩（concrete poetry）並非始自後現代時期，如同英美一樣，這是現代主義時期即出現的作品；不同的是，在後現代時期有些圖像詩走得更極端，例如謝佳樺底下這首〈空白約 2:00——七行〉（見《台灣詩學季刊》第卅一期）：

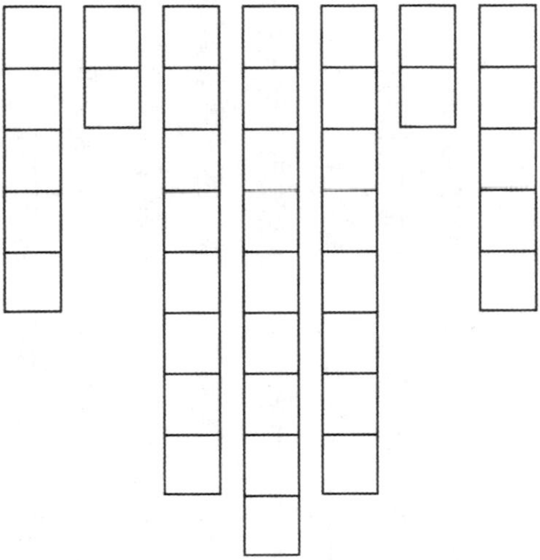

詩末附了一個長註說明 2:00 是 2'00"乃二分鐘，而本詩主要是受到觀念藝術的啓發，主要得自美國當代作曲家約翰．凱吉（John Cage）那首著名的〈四分三十三秒〉以及法國新達達主義者克萊恩（Yves Klein）「空無」空間藝術展覽的創作靈感。這樣的圖像詩對於「圖像」本身反而成了一種反諷（空格子，裡面空空如也，沒有圖像），但這也是一種逆反、一種解構

（雖然空格子符合詩題「空白」二字）。令人納悶的是：爲何詩題要寫出「二分鐘」，是否暗示這幾行字填滿時間約爲二分鐘？再者，題目中說「七行」，文本中也是七行空格——就此點而言，還不夠後現代（如果只有六行空格，這樣的「缺席」（absence）才更具力量）。此詩的敗筆在那個長註，把創作理念說盡了，詩味也就盡失。謝佳樺自己不也是說「因爲空無，所以充滿了力量」嗎？

圖像詩在一九七〇年代以前只是若干詩人（如詹冰、林亨泰、白萩等人）偶一爲之的文類，但到了後現代時期卻有不少人嘗試，羅青、陳黎、林燿德、田運良、林群盛……皆曾刻意爲之，《台灣詩學季刊》第三十一期還特別製作了「圖像詩大展專輯」，中生代與新生代攜手共同演出，蔚爲奇觀，如白靈的〈拳與鉤〉、蕭蕭的〈台灣風情〉（分成五〇、七〇及九〇年代三首）、蘇紹連的「形的印象」系列兩首〈魚〉及〈雁〉（亦爲超文本的網路詩）、鍾順文的〈印章〉與〈骰子〉、紀小樣的〈雨傘故事〉、侯馨婷的〈遺落在落葉林的一枚綠〉……從某方面看，若干圖像詩亦可視爲語言詩的一種，如甘子建的〈有關詩的幾種讀法〉（見《台灣詩學季刊》第卅一期），就有點「陳黎風」的味道（30）：

其一：正著讀：詩
其二：倒著讀：詩
其三：斜斜地讀：詩
其四：從右邊讀：詩
其五：從上面讀：詩
其六：隨便亂讀：芈鳲麂湤鰤舛騳蹇螄……

當中其六的「隨便亂讀」，也是詩人的「隨便亂寫」，不僅有些字不讀「詩」音（麂、舛、蹇等），其至是詩人的胡亂造字（芈、騳等），對「詩」字在字音上著實擰弄了一番。

圖像詩旨在利用文字的排列手法，造成視覺上的暗示效果，其成敗端在是否足以引起視覺感官的反應，一九八〇年代以來「由於圖像詩的發展，已使得利用文字排列模仿實物形狀的技巧滲透到其他類型的詩歌寫作中，逐漸形成台灣現代詩特有的現象」，亦即圖像技巧的高度發展（丁旭輝，2000: 98），上述〈空〉和〈有〉二詩皆屬如是。一九八〇年代中期出現的「視覺詩」（visual poetry）更是顯例[35]，商禽《用腳思想》（一九八八年出版）中的輯六「用腳思想」（共四首）以及杜十三《嘆息筆記》（一九九〇年出版）中的卷六「窗」等十五首詩，堪稱視覺詩的代表。惟視覺詩畢竟只是拿圖來配詩，如果說它是圖像詩擴張的版圖，那麼更新崛起的網路詩也能納入此一類別了。

三、網路詩

網路詩是後現代時期最新品種的一種新詩，就任何世代的詩人而言，這都是一個全新的舞台。網路詩，顧名思義，它必須藉由電腦網路的媒介特性呈現——就這點而言，某些網路詩固然有圖像詩的效果，但它並非圖像詩；以平面紙材爲媒介的圖像詩無法呈現出聲、光與動態的立體效果。前所舉須文蔚〈一首詩墜河而死〉、〈追夢人〉等八首詩就是典型的網路詩[36]。網路詩的前身乃係比它更早一點的電腦詩，前所說的黃智溶的〈電腦詩〉即有此電腦寫作的雛形。但最爲膾炙人口的無疑是林群盛被張漢良選入爾雅版《七十六年詩選》的這首〈沈默（Poetry-BASIC）〉：

1ψ CLS

2 ψ　GOTO 1 ψ
3 ψ　END
RUN（88）

這首以電腦語言（符號）鍵入的詩，曾引發極大的爭論（現在再拿出來討論同樣會引起爭議，但無疑它已成爲當代詩史的一部分）。〈沈〉詩相較於一九九〇年代以來新興的呈現出超文本（hyper-text）特性的所謂「網路詩」，早就變成「小兒科」了——只要你會打開 word 程式，敲幾下鍵盤就可搞定。超文本的網路詩（當然也是一種電腦詩，因爲要透過電腦操作）則較爲複雜，通常它要依賴 HTML、ASP、GIF、JAVA、FLASH 等程式文本做爲基礎，這需要詩人具備一定的電腦技能。新生代代橘的〈超情書〉多向詩（一九九九年設置個人網站「Elea」，收入含〈超情書〉在內的三首創作），被認爲應當是台灣最早的超文本網路詩（向陽，2000: 20）。

這些被向陽稱爲「流動的繆思」的網路詩，自一九九〇年代以來方興未艾，主要的發表空間在 BBS（電子布告欄）與 WWW（全球資訊網）的各式網站上[37]，主要的代表性詩人除向陽外，還有蘇紹連、須文蔚、蘇默默。向陽的〈一首被撕裂的詩〉、〈心事〉、〈大雪〉；蘇紹連（米羅．卡索）的〈思想的運作〉、〈名單之謎〉、〈心在變〉[38]；須文蔚的〈凌遲——退還的情詩〉、〈煙花告別〉、〈拆字〉等詩（同上註）；以及蘇默默的〈抹黑李白〉與〈物質想像〉組詩[39]；均成了早期網路詩的經典。

網路詩特別具有遊戲成分的互動性格，讀者的閱讀方式在此也要跟著改變，形成一大挑戰，它必須由讀者在電腦上操作，藉此和詩作產生互動，才能眞正顯現出超文本的魅力。例如須文蔚的〈追夢人〉一詩，讀者初始在網頁上無法預見詩的本文，要在塡完詩人設定的十個題目之後，一首讀者與程式寫作家（詩人）共同完成的詩作才會完整浮現。如果有無數的讀者來共同書寫，以他/她們最摯愛或最恐懼的人、事、物入詩，就會有無數首詩出現（例如魅味的改寫即是一例，而且已遠遠超出程式設定的範圍）（須文蔚，2001: 37）。由於網路詩之創作在電腦程式語言上須具備相當的操作能力，尙非輕易即能爲之，未來還有一大段路要走。

四、科幻詩

在後現代時期和科技有關的另一新文類即前所說的科幻詩，但這裡所涉及的「科技」指的是詩文本中的內容，與網路詩涉及的媒介材質及所需的表現技能不同，詩人不必事先擁有電腦程式的語言技能，即可進入科幻詩的寫作領域。羅青、陳克華、林燿德、林群盛、田運良等人都是個中老手。羅青在他的詩畫集《不明飛行物來了》中，就曾對科幻詩率先做過嘗試。試看他這首被選入爾雅版《七十二年詩選》中的〈不知名的月亮〉：

　我在一個
不知名的星系航行
　看到一個
不知名的月亮
　金屬磁碟般在一個
不知名的地方升起
　向我發出

不知名的光芒
　我立刻以新近發明
不知名的鐳射鎗
　瞄準，射擊，發出一道
不知名的死光——
　命中那
不知名的要害……
　而所得到的竟是一陣
不知名的回聲
　啊，我那久已失傳的名字

地　球（101-102）

「地球成了久已失傳的名字」似乎是科幻詩常有的指涉。科幻詩的場景展開在過去也展開在未來——更多的是指向未來，但指向未來的科幻詩暗地裡多被一種悲劇意識所籠罩，就像羅青這首〈不〉詩中，令人驚訝也令人感傷的竟是從回聲傳來的那不知已被遺忘多久的名字「地球」。林燿德在〈超時空練習曲〉中提到，一對像是「沙漏的兩端」的戀人，走回半個世紀前的前世，「踏過烽火／踏過彈片鋪陳的軌道／踏過人類的青春與悲哀」。他們走入都市的街道，而「都市巨大的倒影呈露出來／所有塔尖的銳利和樓頂的重量都對準」了他們「仰視的臉龐」——此時，詩人忍不住要替他們感到哀傷：

在這悲喜起伏　充滿歧義的紀元
歲月似鞭　抽在妳我額上的斷代
我們的跫音仍在踏過青春的島群
灰濛濛的岩島們啊
回首　便潛入茫然的藍裡
吞噬一切的地平線繼續轟然升起
高擎浪的銳角
追趕我們危險而零亂的跳躍

一轉身　返回現代
返回二〇八〇年的子夜
在空中都市的腹中
我們的舞步僵止
錯誤的一個小節
　　擊落我們
整個樂章也在同溫層的空寂下
　　　　　　　　崩
　　　　　　　潰（1987: 159-161）

科幻詩對未來的預想如上所述似乎不是那麼樂觀，這在林群盛手上稍稍起了變化。林群盛的科幻詩在語言及形式上均有極大的創新，光是底下這幾首詩的題目就令人咋舌：〈「地球進化概論」目錄〉、〈因爲忘了寫結局；所以〉、〈那人說他口袋裡有一個銀河系〉、〈我問他：現在是冬天你不怕地球感冒嗎？/他說：不、我的口袋相當溫暖——〉、〈我站在時空的界面間／開始點起一根用冰塑成的／蠟燭時／雪貞的已經落在妳遺忘的淚水上了／並且／有種風鈴的清脆／在我們的瞳中／漣漣／綻開〉以及〈　〉（沒有題目，只有詩內文），他的這些科幻詩與前述諸人不同的是，頗有童穉的味道，可說是一種「科幻童話詩」，如〈出生大廈〉與〈地球綠化記〉。以後者爲例，詩中最後和外星人合作的朋友爲了拯救溫室效應爲地球帶來的危機，招來一架巨大的異星飛行物，選在聖誕節當天將十億棵聖誕樹噴出，拋往世界各地，進行地球的綠化，讓詩中主人翁末了「走過綠意盎然的街道，對每一顆樹說：『聖誕快樂』」（本詩係用極短篇小說筆法敘述），悲劇意識全消，走出台灣科幻詩的另一條路。

五、都市詩

科幻詩的場景經常在都市中出現（如林燿德前舉〈超〉詩），不僅在科幻的將來，就現階段而言，進入後工業社會的都市較諸工業社會尤顯得重要，都市詩之所以會在後現代時期的台灣詩壇自成特色鮮明的文類，自有當時的社會及時代背景。若說都市詩人自有其所謂的派閥，那麼派閥宗主當推羅門了。羅門遠自一九六〇年代開始就跟都市詩結緣，從一九六二年的〈都市之死〉、一九七二年的〈都市的落幕式〉、一九七六年的〈都市的旋律〉到一九八三年的〈都市．方形的存在〉，都市主旋律一脈相承，有跡可循。尤其是一九八〇年代以後，在新世代林燿德等人的推波助瀾下，都市詩都快成了羅門的招牌。羅門對代表「第二自然」的都市文明基本上係採一種批判的、反省的態度，他甚至對回歸那「第一自然」的山水有所期盼，〈玻璃大廈的異化〉（爾雅版《七十六年詩選》）便透露出詩人這樣的心境：

站在街口
看玻璃大廈
　將風景一塊塊
　　冷凍在玻璃窗裡
坐在火車出城
看玻璃大廈
　在飛馳的車窗外
　　很快解體

飛成一幅幅風景
溶入山水
化為煙雲
眼睛追不上
便轉回車內
望著空空的雙目
竟又看到另一座玻璃大廈
閃亮在那個鄉下小孩的
　瞳孔裡
　　走過去
　　　要五十年（4-5）

看到另一座玻璃大廈閃亮在鄉下小孩的瞳孔裡，走過去要五十年，象徵時間的跨越，這一來暗示了詩中主人翁（詩人自己？）的歲數，二來也告訴讀者都市經過半個世紀的演化，在城鄉的對比之下亦業經異化，而俯仰於都市裡的現代人，「天空溺死在方形的市井裡／山水枯死在方形的鋁窗外／眼睛該怎麼辦呢」（〈都市．方形的存在〉）。羅門的質疑，並不因爲到了後現代時期就獲得釋疑，如前所說，此時長在後現代城市背後的那顆「黑痣」絕不是一顆什麼好痣，所以他看到的都市是「一大堆垃圾」（〈垃圾事件〉，見現代詩社版《八十三年詩選》）：

A門前　堆有垃圾
B門前　堆有垃圾
C門前　堆有垃圾
D門前　堆有垃圾
E門前　堆有垃圾
你直説ABCDE門前
　　　　堆有垃圾
　　　　污染景觀
第二天醒來

所有的垃圾
　都堵在你望著花園的門口（145-146）

這首平板無趣的後現代詩，正是出於詩人拒斥的態度。同樣是面對都市的玻璃大廈，年輕詩人的態度卻是出於驚惶地呼叫：「那棟大廈啊……」，林群盛的〈那棟大廈啊……〉一詩，驚呼的是玻璃大廈的雄偉感，恰與羅門成了顯然的對比。林群盛的城市大廈畢竟源於他的童話式造型，有科幻式的「驚異大奇航」味道，與衆不同，卻也提供了另一種後現代城市造型的可能性。

同是新世代的田運良，在面對這世紀末雄偉造型無限向天際拔高的城市大廈（從一樓上達兆層以至無限），感到的反而是身長只一百七十五公分高的自己的渺小，所以在〈聳立。傾塌之前——建築之必要與不必要〉一詩中，他所能寫出的是這「濃得不知的愁」，最後「只好抓些瘠土／；濫情；錯愛；瘟疫；惡鼠；／枯樹；萎花；碎／霞；破月；殘日」重新搭架起詩人自己那「曾經最最摩天大樓的／違章建築」。這種摩天大廈雄偉而人類渺小的對比，在舊世代詩人岩上的〈摩天大樓〉中亦能感同身受，不獨年輕詩人爲然：「它拉風／而邁向新世紀的雄姿／酷得令人癢癢的／矮小的男人，抬頭站一邊」。

都市詩的旗手是林燿德。一九八〇年代以來他與前輩詩人羅門時相應和，爲都市詩大力推展。他的都市詩除有宏觀式的俯瞰角度外（例如〈都市．一九八四〉），亦有微觀式的切片拼圖，希冀從不同的面向描述都市生活（及景觀）之種種，如〈紙的迷城〉、〈上班族的天空〉、〈櫃台小姐X〉、〈酒廊女侍E〉、〈雌企業家S〉、〈夏日的辦公室〉、〈終端機〉……林燿德對於都市的態度顯然和羅門近似，經他描繪的城市面容看來都是灰色調的，如〈白領階級的皮靴〉這短短六句詩行的描述：「毛絨絨的地毯上〃踩不響回音〃冰冷冷的騎樓中／敲不醒自己〃灰濛濛的陰天下／踏不出太陽」；且似亦嚮往田園（第一自然）的召喚（如〈上班族的天空〉）。大體上，新世代的都市詩所描繪的都市印象多是醜陋、迷亂及疏離的，例如孟樊的「台北感覺」三首（〈疲倦〉、〈都市印象〉、〈狹巷〉）、焦桐的〈咆哮都市〉、紀小樣的〈公寓生活〉……都呼應了羅門的〈「世紀末」病在都市裡〉的論調。

六、生態詩

都市環境及其生活，嚴格而言，亦屬生態之一環；惟這裡所說的「生態」係從生態保育也即環境保護的觀點來看的，因此生態詩（亦可稱爲「環境詩」）對於造成環境污染的諸種因素有極爲深刻的反省及批判。生態詩發軔於一九七〇年代寫實主義盛行的時期，但發揚光大則在一九八〇年代後工業社會逐漸成形以及資本主義文明昌盛之後，它是對「唯經濟成長是賴」（現代主義時期）心態的逆反；一旦它的行動跨入政治領域，也就成了綠色政治（green politics）陣營的一支，從某方面言，這是已被承認的廣義的一種「後現代風」[40]。

對於「大自然反撲」的聲音，不論老中青任一代詩人，都是「於我心有戚戚焉」，所以一九八〇年代以來有關生態詩的寫作，就不是哪一個世代的專利品。當然，不容諱言，本土派以笠詩社爲代表的詩人，投入較多，成就也較大。林宗源、趙天儀、非馬……對於生態詩都曾加以耕耘。例如非馬的〈鳥籠〉：「打開／鳥籠的／門／讓鳥飛∥走／∥把自由／還給／鳥／籠」以及〈籠鳥〉：「好心的／他們／把牠關進／牢籠／好讓他／唱出的／自由之歌／嘹亮／而／動心」，鮮明的對比之中，反諷了人類做爲「萬物之主」的無情。動物權的維護也是環保的一項主張，反映在新詩的創作上，那就是詩人要和動（植）物「同情」。這在夐虹的〈護生詩〉組詩（共四首）中，更是一覽無遺，而與動植物同情的結果反過來就要對人類自己的「無情」予以控訴：「人類對自己的圍捕／有聲無聲有形無形的傷折／時時刻刻／在進行」。

控訴的矛頭主要也指向政府當局，因爲生態環境的破壞，有權者未能做到有效的管制，絕不能卸責，試看岩上這首既是生態詩又是都市詩、更是政治詩的〈廢氣戰爭〉：

人們在逃避汽車攻城的威脅下
戴起空氣濾清器
汽車裡應外合
以排氣管一排一排圍堵城市
日以繼夜
不斷地噴氣掃射
有能力逃走的
藉著汽車作為掩護
疏散到山頂或海邊
沒有能力逃走的

以反毒面具的表情
躲在陰溝裡喘息
一些不怕死的民眾
手持木棍和石頭
向徵收空氣污染稅的國稅局抗議
國稅局
以汽車排氣反擊（2000: 18-19）

徵收空氣污染稅的未必是國稅局，但是汽車排廢氣造成空氣的污染，有司者責無旁貸，無能力避走都市空氣污染的不怕死的民眾，只好起來抗議，想不到有司者的還擊竟然也利用汽車排廢氣，眞是諷刺。高官巨賈坐享的特權，常讓環保束手無策，政商勾結往往成了環境污染的兇手，也是升斗小民的詩人豈能「忍氣吞聲」，所以連素有「詩壇祭酒」之稱的余光中也引發「不平之鳴」（〈高爾夫情意結〉，見現代詩社版《八十四年詩選》）：

猝然
越過一公頃又一公頃的私家草地
越過被變更被竊占的國土
越過濫挖濫墾濫建的荒原
越過污染而無魚的河溪
越過窒息而無鳥的大氣
越過焦臭的屍體屍體屍體
赫然六十四具，越過
犯法又犯法的火燒島，越過
這貪婪之島特權之鄉一只小白球
從今天昨天明天天天一樣荒謬的頭條
正當我張口要驚呼
竟以那樣準確的無禮
不偏不倚，命中了我的咽喉

而且哽在這裡，連憤怒帶鬱卒
變成一球再也進不了洞的
——他媽的喉核（28-29）

余光中這首頗具「笠味道」的生態詩，辛辣地批判了這「貪婪之島」與「特權之鄉」——因特許的高爾夫球場所帶來的生態的破壞、讓這位憤怒帶鬱卒的古稀詩人「如鯁在喉」，不吐不快（所以才吐出了這首〈高爾夫情意結〉）。余光中從「高爾夫」這個切片入手，響應了環保這個課題，是屬於微觀層面的觀察。一九八〇年代先是以《漂鳥的故鄉》與《在測天島》兩本以社會詩和政治詩爲主的詩集聞名於詩壇的「鳥人」（他的綽號，鳥仔）劉克襄，在沉寂多年之後，復以生態詩集《最美麗的時候》再現詩壇，其中〈上個世紀〉一詩，則從宏觀層面控訴了瀕於滅種的動物受到人類長期的捕殺、獵殺不啻就「在慢性自殺」（也不知牠們有沒有未來的這個世紀？），這是一本「全紀錄」：

一九〇〇年梅花鹿
一九四〇年信天翁

一九七〇年香魚
一九九〇年雲豹、黑熊
一九九五年水獺、夜鷹、毛蟹
一九九八年水鹿、朱鸝、八色鳥、黑面琵鷺、櫻花鉤吻鮭
先是一個小島
接著一塊大陸
然後，整個星球
每個年代重複著
並且累積著
相同結局的故事
我們在慢性自殺（2001: 40-41）

劉克襄「在野外寫詩」的這個習慣，從他較早的詩集《松鼠班比曹》以至於後來的《小鼯鼠的看法》，有跡可循，緣於他長期對生態環境的觀察，更實地走入山川和自然對話。一九

九〇年代台灣詩壇生態詩的寫作，他是特色鮮明的一位，應該記上一筆。

七、政治詩

生態詩雖然往往隱含有政治批判的味道，還不如正宗的政治詩來得開門見山。政治詩初興於一九八〇年代上半期，蕭蕭在為爾雅版《七十二年詩選》所寫的導言中即曾提到，政治詩（及方言詩，後詳）的興起乃該年度的詩壇三大要事之一；隨後《陽光小集》（第十三期）在一九八四年推出「政治詩專輯」刊登了三十六位詩人的政治詩作及一篇「我看政治詩」座談會紀錄，同年創刊的《春風》詩叢刊亦有意提倡政治詩的創作。在此所謂的「政治詩」，在後現代時期其實應正名為「政治批判詩」；真正說來，政治詩不出於對當道的批判可謂少之又少。本土派詩人基於政治立場的關係，在政治詩的創作上著力尤深。

本土派的政治批判詩，多是指向當時統治的中國國民黨政權，就其觀察角度及發言位置來看，本土派詩人堪稱為「反對黨詩人」。例如林宗源的〈講一句罰一元〉，矛頭即指向早期國民黨主政時代施行的所謂「國語政策」（台灣話因而被壓制），為此，本地的在校生如果不小心說了台語，「講一句罰一元」（甚至「掛一次狗牌」、「跂一次黑板」、「打一次手心」），但當學生向老師提出質疑：

先生　伊講廣東話為何無打手心
先生　伊講上海話也無跂黑板
先生　伊講四川話也無掛狗牌
先生　伊講英語為何無罰一元（趙天儀等，2001: 266）

老師還是「提起竹仔枝打破阮的心」，要被打四次手心或罰四塊錢，因爲他用台語發問。而中生代詩人李敏勇在《傾斜的島》中甚至進一步還回溯到白色恐怖的〈血腥統治〉時期（如底下這樣的描述：「深夜的敲門聲／驚醒凝結的夢／帶走／失蹤人口」）。其中〈人民，是的〉一詩無疑是對「奉行」民主政治的國民黨統治方式最爲諷刺的批判：

奉你們的名
我領管島嶼
以及對岸的地圖

以黨國的形式
我裝配統治機器
運轉權力
背對世界
我升降旗幟
在影子裡
築起海的疆界
我發號施令
在唾罵中行禮如儀（1993: 58-59）

奉人民的名卻行黨國統治，這當然是相當的反諷；不僅如此，還要管到「對岸的地圖」（指中華民國地圖）。背對世界在影子裡「升降旗幟」（統治形式的代稱），指的是統治者無視於現實的鴕鳥心態，至於因爲台灣海峽的一水之隔讓偏安一隅的「小朝廷」發號施令，在唾罵聲中還能行禮如儀（呼應前段「升降旗幟」），的確是「好官自我爲之」。相反的情況是，對國民黨舊政權採取抗爭立場的反對人士，則常被本土派詩人稱頌、謳歌。擅寫政治詩而喜以男性聲調發言的女詩人王麗華（如著名的〈給他一個回不去的故鄉〉、〈他們對著我的窗口演講〉等詩）在〈他是我們的烈士〉一詩中對於引火自焚的鄭南榕的讚揚（稱他爲烈士），即爲顯例。詩中說「他的生命就像一首悲壯的史詩」，是「一團盛開的銀花火樹」，在最後一段甚至情不自禁地斷言：「未來的太史說／他，才眞正是我們的烈士／我的筆做不到的事／他用一個打火機／就完成了一部偉大的斷代史」——這樣的頌揚未免肉麻，一面倒的謳歌和批判事實上是一體兩面，都會失眞。那麼做爲反對者的詩人究竟應該扮演什麼樣的角色？看看苦苓的這首〈反對者〉：

「詩人，是天生的反對者」
起先，我反對了K黨
那些半夜使人失蹤的傢伙
「詩人，永遠在抗議點上」
後來，T黨令我憤慨

他們是以復仇為樂的集團
「詩人，絕對不可以屈服」
C黨我一點也不怕
雖然他們威脅送我去勞改

「為什麼反對呢？」
「當然是為人民！」
「人民又在那裡？」
人民圍繞在遠遠的地方：
看著我，第一萬個反對者
倒
下
去
了（1986: 35-36）

在苦苓這首詩中，天生扮演反對者的「詩人」，角色（或者說是政治立場）是模糊的，因為他似乎不站在任何一黨（國民黨、民進黨及共產黨），但他的立足點卻又是那麼清楚：不為哪一黨而是為人民。諷刺的是，最終為了民主倒下去的（已經是第一萬個了）是被詩人隔著遠遠觀望的人民，而不是詩人自己。這就如同劉克襄底下這首〈知識份子〉（見《漂鳥的故鄉》所形容的：

跟我們一樣的開發中國家
不滿時政的知識份子
他們生活於貧民窟
引導自己的同胞

同樣的知識份子在我們國家
他們坐在咖啡屋裡
以激烈的學術爭辯
關心低階層的朋友（1984: 33）

劉克襄出版於一九八四年的《漂鳥的故鄉》中所收入的若干政治詩，曾「廣泛地流傳於大學校園內被學生傳誦，張貼於宿舍牆壁，轉載於校內刊物」，被譽為「一九八〇年代年輕人心聲的代言者」（3），甚至亦影響了同時代的詩人（如李敏勇收於《傾斜的島》中的〈街景〉一詩）[41]。《漂》書中所觸及的政治面向廣泛，儘管語言樸實明朗，但極富「理趣」（wit），常能顯出機鋒，一針見血（如〈福爾摩莎〉、〈媽媽，你要怎麼回答〉、〈七〇年代〉、〈八〇年代〉……），是一九八〇年代最重要的一本政治詩集。相較於劉克襄諸人悲切情感稍露的政治詩，蕭蕭底下這首被選入爾雅版《七十七年詩選》的〈解嚴以後〉，雖然亦不無批判的味道，但情感的表現上便較為制約，敘述上也更顯客觀冷靜：

鐵蒺藜
從海邊
湧向街口

錄影機
從街口

辨認人頭
有些石頭靜靜坐在咖啡杯裡
有些木頭默默繞道走過（76-77）

解嚴之前沒有街頭運動，所以街頭毋須鎮暴警察及鐵蒺藜；解嚴之後為了告發街頭運動中的「滋事份子」，需要錄影機拍照蒐證（以辨認人頭）。儘管如此，總還是有一些鐵「石」心腸的人坐在咖啡廳裡談天說地（和劉詩、李詩中所描繪的情形如出一轍）；而無動於衷、呆若「木」雞的人則敬鬼神而遠之，避之唯恐不及。蕭蕭的政治詩較為「內隱」（如後來發表的〈鐵蒺藜日記〉即為顯例），雖然他出生於彰化社頭鄉，或許因為詩風的明顯差距，卻不被歸為本土派。

大體上，本土派的政治批判詩較為「外露」，語言明朗平實，不興精雕細琢，強調的是內容主義，旨在對當權者及其統治方式展開批判。至於非本土派詩人的政治詩，則較無本土派那種鮮明、尖銳的意識形態訴求，例如前述林燿德的〈交通問題〉、蕭蕭的〈解嚴以後〉，以及陳義芝的〈政治事件〉，雖亦寓有批判性，卻無強烈的反對派立場，尤其是林的〈交〉詩與陳的〈政〉詩，更結合了後現代技巧。

八、方言詩

如前所述，方言詩和政治詩都是勃興於一九八〇年代初期，儘管從一九七〇年代起就有方言詩的出現[42]。嚴格而言，方言詩在台灣應包括台語詩（福佬話詩）與客語詩，後者較前者出現得更晚（黃恆秋、龔萬灶合編的《客家台語詩選》於一九九五年出版），由於族群人數較少的關係，創作數量不豐，致使台語詩幾成了方言詩的代名詞（雖然這對客家族群並不公平）。鄭良偉在他編選的《台語詩六家選》（六家是林宗源、黃勁連、黃樹根、宋澤萊、向陽、林央敏）中提到，以台灣人母語創作文學（詩）在今日而言有下面四項意義（1992: 12）：

(1)爲台灣人民提供較能引其共鳴及欣賞的作品。

(2)鼓舞台灣民眾可用其日常使用的語言（台語）來寫詩或創作文學，文學（書面）創作不用再讓以中（漢）文寫作的知識份子包辦。

(3)不必再讓以中文寫作的知識份子用別人的語文來自抬身價，滅自己民衆的威風，說什麼想當領導者就要拼命學中文。

(4)台語以後不再是「無書面話的語言」，不會遲早都會滅種的語言。只要你用台語寫詩，台語的生命就會長存。

話雖如此，原無標準文字的台語如不借用既有之漢字想要書面化就有相當的困難，台語詩人雖借音自漢字，就像鄭良偉自己也承認「大部分互相有標準化，但是有少部分互相眞參差，互相無一個好的理論及方法解決互相的差異」，因而借用羅馬字表音是沒辦法的辦法。儘管鄭良偉說自此毋須再受漢字的拘束（1992: 13），但是要一般民衆能用台語寫詩，恐怕得讓他們先學會羅馬字音及拼音，這成了另一種拘束。有鑑於此，一首台語詩中，漢字及羅馬字母相雜陳的情況（形成閱讀上的困擾及挑戰），就成了常見的一個現象，此其一。而各個詩人使用不同的漢字借音，亦司空見慣，不足爲奇，此其二。

台語詩中不乏反映台灣民衆底層生活及其心聲的詩作，例如林央敏的〈Gia⁵鬧熱〉、〈戲棚腳〉、〈骨力歌〉；黃勁連的〈雉雞若啼〉、〈做工人〉；向陽的〈咬舌詩〉等等，其中以向陽的〈在公告欄下腳〉最具代表性[43]（《見台語詩六家選》）：

「公告：
　（一日到闇貼，m⁷知 beh⁴講啥？
「本公司開廠卅七年來，
　（也有卅七年囉，歷史悠久，
「在全體員工的共同努力下，
　（努力是有影，我入公司也有二十外年囉！
「鼎盛時期有二千五百餘名員工，
　（現時只存六百外名，我自濟做到少，
「分紡織、織布、染整、針織、縫紉五部門，
　（五官齊全，一貫作業，
「而後因為受國際景氣影響，
　（大風吹樹倒，

「目前只存紡織及針織二部門，
　（樹倒猴猻散，
「經營困難。自去年紡織業略有起色，
　（猴猻散了了，樹仔漸漸活，
「本公司為解除危機，擴大生產線，
　（彼時真鬧熱，樹頂全菜鳥，
「投資兩億，希望拯救公司營運，
　（歹樹落重藥，好酒沈甕底，
「不料國外市場競爭激烈。本公司外銷，
　（清采做做咧，逐日攏退貨，
「受重大打擊，虧損嚴重，
　（逐年嘛講這款話，騙菜鳥……
「經過董事會不斷投資挽救
　（奇怪，頂個月猶講是全國趁上濟？

「上個月虧損已達一千十萬，
　　（我目睭有問題 babaN^{3}？明明聽講是趁哪！
「又遇銀行緊縮銀根，融資困難，
　　（Beb^{4} 趁 Beb^{4} 賠隨在伊，什物銀行什物公司？
「在萬分不得已的情況下，不得不斷然宣佈：
　　（猶有這款代誌？
「自本月卅日起正式停工，
　　（啊？啊：定去囉！
「敬請全體員工體諒公司處境。
　　（啥人來體諒員工的心情？
「本公司決定照勞動基準法資遣員工
　　（我做二十外年的退休金呢？
「拖欠員工五月、六月薪金、近期發放，
　　（七月、八月食自己？

「情非得已，敬希全體員工多多體諒。

（體諒體諒，……

「此佈。」

（敢真正著轉去賣布囉？）（164-166）

此詩如詩人自承乃中文與台語併用，單數行引號中是公佈欄的公告文字，採中文發音；偶數行括號中是「在公告欄下腳」員工的心內話，用的是台語。向陽以兩種不同的語言互爲對比，有意凸顯資方與勞方互相對立的立場。這首「爲勞工說話的寫實主義的詩」後來藉由JavaScrip語言的轉化，讓括號中勞工的心聲隱藏在螢幕黑暗的所在，但由於詩人設計了一個可透視（公告）「欄」外訊息的框面，使得網路的瀏覽者（用滑鼠在右邊黑暗面部分以框線按左邊詩行逐行垂直拉下）可藉此「偷窺」，也因爲這樣，造成了「左右兩個文本諷刺矛盾的辯證作用」，結果使得這首典型的批判的社會寫實詩，變成一種「後現代主義書寫的形式」，讓寫實主義與後現代主義並存（向陽，2001: 37）。

事實上，方言詩中多的是政治詩，這或許和用方言來書寫本身就是一種政治性的抉擇有關（即以地方性語言挑戰進而顛覆支配性的國語），這也是又一次的「從邊緣出發」。因而，政治性的方言詩或方言詩的政治詩，不啻就是方言政治學的最佳展現。鄭良偉編注的《台》書泰半都是政治詩，即是一例。黃樹根的〈收驚〉中的這一段話便是一種方言政治學：「坐船過來食過海水的外省人／敢m^{7}是咱的同胞／聽講五百年前攏是一厝人／爲何仁看白仁／親像冤仇人咧對待／也m^{7}是五十年前的四腳仔／用國語想beb^{4}壓死台語／彼種惡霸的時代已經被趕走啦」（100）。如同上述的政治詩一樣，以本土派爲大本營的政治方言詩，也是站在反對的立場對當權者加以批判，以致在統獨對抗中立場鮮明，「文化上的本土」很容易就變成「政治上的台獨」，林央敏的〈唐山變台灣——比較移民史〉即爲顯例。方言詩不避俚語、俗語，對懂得台語（客語）的人自然是倍覺親切；但對不懂的人終究是一種隔——這些人當然也不是方言詩人訴求的對象。

九、情色詩

一九八〇／九〇年代的台灣是一個情慾開放且大膽的社會，已經是「色不迷人人自迷」了，男女或男男／女女對於情慾的表白亦不再像之前那樣委婉含蓄，光是在媒體上流竄的各色情色訊息（包括照片、動畫、聲音等）早已氾濫成災，唾手可得。流風所及，後現代時期詩人對於情慾的舖陳與呈現，如前所述，均較以往來得直接、大膽，新世代詩人如陳克華、林燿德、顏艾琳、江文瑜等人，堪稱代表。他/她們不避諱情慾，甚至正面肯定其必要性。如前舉夏宇的〈野獸派〉，便是對女性情慾不再靦腆地剖白。即便不再是年輕的女性，也擁有後現代式的鄉愁（nostalgia），對老女人這一具已成「古蹟」的身軀，在後現代時期更要「修護」一番，讓她能在舊愛中翻身：

驚喜你那疏離我的
　　遺忘我的
手
在我瘦了的乳房
索求
流連少婦初給時的豐滿
甚且
把歲月殘留的情

拿來裝飾我肚皮上斑剝的孕紋

手啊

　　　整修我的

驚喜你那繾綣的愛（利玉芳，1987: 70）

這是利玉芳的〈古蹟修護〉，較爲含蓄地爲中老年婦女表達出情慾的需求（可與江文瑜的〈胸罩與凶兆〉一詩相對照）。如前所述，一般而言，舊世代的情色詩多半「含而不露」，儘管受到「後現代的洗禮」，譬如朵思對話體式的〈詩句發芽〉一詩，當中最引人遐思的也不過如下仍未達限制級標準的句子：「飛瀑喘流在另一度空間亢奮」、「插播的電話鈴聲在弦樂中和愛一起流蕩」（插播和流蕩字眼都和性愛有關）。

朵思這種較爲含蓄的情慾表達，到了年紀稍輕的鍾玲手裡，開放的尺度顯然放寬了一些，諸如收在《芬芳的海》詩集中的〈七夕的風暴〉、〈騷亂的夏〉等詩，雖然也用象徵式的意象來表現性愛的場面與感覺，但已達限制級邊緣，其中〈瀲灩〉一詩更是男女性愛的直接表露：

你的氣息
灌入
我盛開的
聽覺
風在呼嘯啊
風的呼嘯
引動
我細銳的歌吟
由櫻桃肉的雲層
鑽入
水底的岩穴
浪捲起拍岸
浪捲起拍岸

在你鐵色的
一條血管中
漲落。
濃酒的瀲灩
遂灑遍海
灑遍
你的官感。（63-65）

櫻桃肉、岩穴、血管，皆為女陰及男陰等器官的代稱，歌吟、鑽入、浪捲、拍岸、漲落都和媾合的動作有關，雖然這樣的象徵手法已經很「直接」了，但比起新世代的顏艾琳等人，卻是「小巫見大巫」（男詩人陳克華、林燿德、焦桐等人的裸呈自是不必說了），例如顏艾琳這種直接將性器官及動作入詩的寫法：「慾望在雙乳之間擱淺／很無趣地擺盪著」（〈水性——女子但書〉組詩之三〈渡〉）、「有些男子，利用可口可樂的空瓶——／自慰並射精……」（〈瑪麗蓮夢露〉），如前所述，還眞叫前行代詩人如痙弦者流「臉紅」。臉紅其實並不打緊，如果再碰上比顏艾琳更前衛的江文瑜，那麼臉紅之後不曉得還會「如何」了。

江文瑜無疑是後現代情色詩第一人，也是企圖實驗結合女性主義與後現代主義的代表性詩人，儘管她的詩直述成分稍濃。她喜歡玩後現代式同音異字的語言遊戲，例如在〈妳要驚異與精液〉中，從首二句「身爲女人的妳對做愛總是無比驚異／率將鼓舞歡迎衝鋒陷陣的兵隊精液」開始，把與精液有關的或近似的同音異字：驚液、精義、競藝、莖翼、鯨腋、敬意、精益、頸囈，在行文中刻意串成，以製造突梯的效（笑？）果（如末三行：「每日用妳喉嚨尖聲喃喃的頸囈／冥想創造　精液／求驚」）。這類具語言詩特色的實驗還包括：〈一首以呼叫來朗誦的打油詩〉、〈今夜，你這隻蚊子咬得我睡不著〉、〈想像咖啡的滋味〉、〈憤怒的玫瑰〉、〈豬腸〉……[44]。

江文瑜大膽表露情慾，方式是開放且直接，例如底下這些令人怵目驚心的句子：「鑲在你身上的某個衣釦／對準我胸部壓出的乳溝」與「我仰躺的B開始乳動／我橫躺的屄開始抽慉」（〈一首以呼叫來朗誦的打油詩〉）；「你的跪姿膜拜高聳的乳碑／和已經打開的陰門」（〈今夜，你這隻蚊子咬得我睡不著〉）……。其中〈立可白修正液〉一詩，以身體喻物體，將全詩予以性化（sexualize），堪稱情色詩之極致（尤其是從女性或女性主義的觀點來看）：

我打開立可白

她橫躺——
堅挺的乳頭滲出豐沛的乳汁
或是，尖硬的陰唇
泌流黏狀的潤滑液——
正準備塗抹在攤開的男體
修正那一身陽性的弧線——（1998: 55）

這首情色詩頗具女性主義精神：代表男性（寫錯了或劃錯了）的弧線（陽具象徵），必須由象徵母性（豐沛的乳汁）或女性（泌流黏狀的潤滑液）的修正液予以「修正」才能塗改，攤開的男體且是被動地等待「塗抹」。江文瑜這樣的裸露可謂一覽無遺。從夏宇〈野獸派〉中那剛剛發育成熟正想「嚐鮮」的「二十歲的乳房」，到江文瑜以「豐沛的乳汁」和「泌流黏狀的潤滑液」在男體上的「塗抹」，意味著一九九〇年代的情色詩係從「半裸」走到「全開」了。

十、女性詩

所謂「女性詩」指的「女性」兩字，在此應是指當代美國女性主義批評家蕭華特（Elaine Showalter）所說的 feminist 及 female，而不是 feminine。蕭氏認爲女性文學的傳統從十九世紀初期發展迄今可分爲婦女、女權主義及女性三個階段，第一個時期係婦女（feminine）的「模仿」階段；第二個時期則係由模仿演變爲「抗議」的女權主義（feminist）的階段；至於第三個女性（female）時期乃由抗議進而「自我獨立」，亦即把「女性本身的生活經驗」當做文藝創作自足的泉源（1977）。就此來看，所謂的「女性詩」除了站在女性立場抗議父權體制（patriarchy）及其文化之外，尙強調女性自身的主體性（subjectivity）與自主性（autonomy），亦即女人之爲女人，不假外求，不用向男性模仿與依賴。

在台灣男性詩人的創作中，不少詩作十足反映了父權心態，例如鄭愁予膾炙人口的〈錯誤〉和〈情婦〉二詩，在女性主義者眼光中，現在已成了「父權詩」的代表。惟在女性主義尙未對之撻伐前，苦苓就已率先站在女性立場對鄭的〈情婦〉揶揄了一番：

在一青石的小城，住著我的情婦
（自備六十萬黃金小套房可以買）
而我什麼也不留給她
（存摺一定要自己保管）
只有一畦金線菊，和一個高高的窗口
（窗台上放一盆花表示一切安全）
或許，透一點長空的寂寥進來
（進門要快不能讓人看到）
或許……而金線菊是善等待的
（偶爾高興，也會買顆假鑽送她）
我想，寂寥與等待，對婦人是好的
（說說老婆的壞話給她一點希望）
所以，我去，總穿一襲藍衫子
（臨走前務必檢查全身口袋）

我要她感覺，那是季節，或
（照例答應下次待久一點）
候鳥的來臨
（過夜那絕不可以）
因我不是常常回家的那種人
（不管再晚，畢竟我還是要回家）（1991: 20-21）

括號中的詩作似乎才是詩中男子的「真心話」，但真心話一旦說出口，那不叫情婦氣結才怪。偶數行似乎是單數行之外的一種喃喃自語，但卻又像是彼此的對話。深一層看，括號中用的是散文體，不啻就是對鄭原詩的挑戰，而且雖是擬男性的口吻，但因和單數行的相互對照，反而將原詩行詩中人的父權心態暴露無遺。如果不嫌棄這首〈情婦〉（和鄭原詩同名）的作者苦苓是男性詩人的話，那麼這首詩也算是女性詩。

男性詩人是否能創作女性詩，這恐怕有爭議。無論如何，女性詩終歸是要由女性詩人來創作的。女詩人創作的女性詩，如前所述，首先係出於對男人霸權（父權）的抗議，這抗議聲中有批判，也有嘲諷。比如林鷺的〈男人〉一詩中即直言「男人太可怕了」，他「白天用威風的手打女人／晚上用慾望的手摟女人」——雖然這是出自一位不識字的女人在看完科學影片後所得出的印象（劉克襄的〈小女人〉可做為此詩的註解）。火藥味更強的江文瑜則「左右開弓」，直搗「男人的黃龍」：左一邊在〈男人的乳頭〉中藉由角色的互換，即由男性凝視轉為女性凝視（female gaze），把男人的乳頭（胸罩）擺在專櫃裡反讓女性觀看，結果是「負責打點男性罩杯專櫃的女人／滿意地凝視／abcd／屬於男人的／小寫款式」，男人反被羞辱了一番；右一邊在〈女人．三字經．行動短劇〉中把男人慣罵的（對女人不敬的）三字經予以反撥，矛頭並指向中正紀念堂裡高高在上的象徵父權的男性偉人銅像，把它反「操」回去。

其次，女性詩更出於女詩人對女性自我的肯定，就如賴麗玉所說的：「女人的身體該住女人」（〈發聲——悼彭師婉如〉）。女性自我肯定，找出自我的主體性，首要之事就像李元貞所說的「不崇拜男人（英雄）」，她的女性詩〈自語〉便是就這個立場做了最坦然的宣示：「從來沒有／崇拜過英雄／因為我自己／即英雄，不／應該是英雌／且平凡無比」（2000: 98）。事實上，不同於男性的女性主體是男人無法「體」會的。即以女性的身體來說，那是男人無法感受的世界，而也唯有女人才能了解女人自己的身體感覺——女性由此建立的主體性自然是不假外求。看看朵思這首散文詩〈耳〉，那種掏耳的動作引起的纖細快感絕對是男人難以體會的：

女人喜歡用耳朵感應遠方可能發生的想念；有別於黴菌活躍鑽動的解釋，一旦在耳膜上面輕柔刺戳時，女人在知性與感情角力下，便會獲致極大的快感。

棉花棒沾水，輕輕轉動數下，抽出，再輔以乾爽棉花棒進入耳洞飛掠，觸撫、速度與被愛的感覺，讓女人覺得耳朵感應器和掌紋的差別，其實是微乎其微。（1997: 63）

耳朵和掌紋的感應，究竟有何區別，這是男人不會也不想知道的——男女有別在此一目瞭然。男人想知道的倒是女性主義本身的情慾問題。陳義芝的〈裸夜〉（見《不安的居住》）就是這樣的一首詩[45]。詩人採取的是男性或女性的視角並未清楚交代，但詩中主角卻是「情慾不滿足」的國內知名女性主義者，在清冷的長夜因觸動往事而念及「情夫」（外遇對象？）而輾轉反側，情慾翻攪令「她全身發熱」，以致「把一整隻手伸出棉被外，枕到頭下／恍惚分不清這是誰的手臂」，怕吵醒另一邊酣睡的人。諷刺的是，她「明天約好要和先生去拍結婚二十五周年紀念照」，屆時還要好好打扮一番。這躲在「裸夜」後面的女性主義者的情慾，難道是那麼「不堪入目」嗎？抑或如另一位男詩人孟樊在〈女性主義者〉一詩中所說：

陽光被遮蔽的一隅
半凋萎的玫瑰盆栽邊
也是慵懶的貓族的她
每天只吃一餐
主食是寂寞
副食是空虛還有
略帶涼意的
眼淚

男詩人書寫「女性的詩」並非不倫不類，而是出於質疑及探詢的口氣，或許搔不著女性眞正的癢處，但至少不再是出於以往「男性凝視」（male gaze）的視角，毋寧也提供了女性另一種角度的思考方式，爲兩性學開拓另一片空間。

十一、原住民詩

原住民族在一九八〇年代以來的發聲，不單是台灣特殊的文化地域一地的現象，這似乎也是後現代時期全球化的另類風潮。原住民文學可謂是原住民族發聲的最主要代表，一些優秀的原住民作家、詩人於此際紛紛出現，嘗試建立自己的書寫主體，一九九三年由孫大川與一些原住民參與創辦的《山海文化》，即成爲呈現原住民文學與文化的重要灘頭堡（一九九六年更與《中國時報》合辦第一屆「山海文學獎」），鼓舞原住民文學創作甚力。

嚴格而言，在此所謂的「原住民詩」指的應是由原住民詩人（如莫那能、瓦歷斯．尤幹、瓦歷斯．諾幹等）所創作的詩，這類原住民詩如同女性詩一樣，主要出於對漢族霸權的抗議（兼及日本人高壓統治的批判）。誠如莫那能在《春風》創刊號「山地人詩抄」（當時原住民仍被稱爲山胞）專輯的引言中所說：

> 在漢人（無分客家人、閩南人等）的封建文明的欺騙榨取下，他們退向丘陵山區。在日本人的逼迫屠殺下，他們退向更深的巖穴與莽林。在現代資本主義與政治歧視控制下，他們已瀕臨崩解滅絕的境地，連山林都守不住了！這一切血跡、苦難，斑斑灑落

在丘陵山野上，也灑落在通往平地的路上，以及城市貧困低下的生活裡。（1984：44）

原住民的抗議之聲，係從邊緣出發，是對以漢人為中心文化的一種逆反。莫那能被收入爾雅版《八十年詩選》的〈落葉〉一詩反映的即是此種抗議的心聲：

族人的榮耀已從遙遠的傳說
出走，傳說中的土地精靈
也已被漢人俘虜
只剩下落葉般的嘆息
在哀傷的淚水中墜毀、散落
一滴滴的，一滴滴的散落
終於將我化成痛苦的漣漪
我終於在黑暗中看見一條路
一條原住民的命運之路

路上佈滿落葉般的足印
一印印蠻橫深踩的異族足印
沿著不可知的未來和方向
發出惴惴不安的輕響（1992: 109-110）

莫那能的「落葉」，象徵台灣原住民的命運，經過漢人的蹂躪（蠻橫深踩的異族足印），未來之路仍令其惴惴不安，即便做夢，就如瓦歷斯．尤幹所說：「是用來／安慰傷痕的，也適宜／檢查化膿的程度／什麼時候，夢／可以學習愛／夢適宜檢省／公義的程度？／或者，每個民族／不再揹負著沉重的／——夢魘」（〈在夢境〉）。然而，在另一首詩〈關於泰雅：給你一個名字〉中，瓦歷斯．尤幹也鼓舞自己，自己的泰雅族人，要給他的孩子一個名字，「要永遠謙卑的向祖先祈禱，／像一座永不傾倒的大霸尖山」，讓他的孩子見證泰雅的榮光。

原住民詩人究屬少數，惟如擴大而言，非原住民的漢人站在原住民的立場／觀點，書寫原住民的生活、經驗、感受等等的詩作，在此亦可列為原住民詩——這是廣義的原住民詩。陳黎對原住民的著墨甚多，〈島嶼之歌〉、〈擬阿美族民歌〉、〈擬布農族民歌〉、〈白鹿四疊——

用〈邵主題〉、〈在島上〉等詩都是對原住民的歌詠。他的原住民歌唱得比較輕鬆自然，比較不那麼悲情，例如同樣也是做夢，他的「布農族之夢」肯定「會有快樂的事情。／會再來一次。／會直到永遠」（〈擬布農族民歌〉）。此外，像詹澈歌詠雅美族男人驅邪的舞蹈〈勇士舞〉一詩，書寫出雅美族勇士舞的力與美，形象貼切，刻劃出他們族群強勁的生命力，絲毫不見悲情成分。相形之下，廖永來的〈泰雅之歌〉與劉克襄的〈瑪雅不做愛〉傳達出的則是詩人悲憫的情懷。大體上言，漢人詩人的原住民詩，不是後殖民式的收編，而是如前所述站在與其同情的立場上發聲，這代表的也是漢人自我的省思。

十二、後殖民詩

做為一種與後現代主義相呼應的文化政治理論的後殖民主義（postcolonialism），旨在考察昔日（歐洲）帝國主義的殖民地與其殖民主之間的文化（包括文學、歷史、政治、經濟等）關係，以及這些殖民地之間的文化問題，進一步揭露帝國主義對於第三世界國家、地區（即後殖民地）所施展的文化霸權的本質與面目，探討從殖民時期以來以至於後殖民時期兩者之間的對抗與對話性關係，從而試圖尋求後殖民時期第三世界之主體性的建立。它借用了不少後現代主義的觀念與方法，諸如混雜、解構、他者（other）等等，做為拆解西方主流話語或論述（discourse）的一種策略。為了尋求第三世界自我之主體性，後殖民主義往往涉及民族的認同問題。

曾經經過荷蘭人、明鄭人、日本人統治，以至於美國資本主義入侵的台灣，是標準的「後殖民地區」。如果站在台獨立場來看，一九四九年以後外省籍的國民黨政府的遷台，毋寧也是另一種形式的殖民——中國對台灣的殖民、外省人對本省人的殖民，而這也使得台灣的後殖民問題更形尖銳，益為複雜，突出了意識形態對抗的一面。正因為這樣，台灣人的認同問題最為令人困惑，所以劉克襄在〈福爾摩莎〉中即說：

> 第一個發現的人
> 不知將它繪在航海圖的那個位置
> 它是徘徊北回歸線的島嶼
> 擁有最困惑的歷史與最衰弱的人民（1984: 24）

受過不同殖民主統治的台灣人，很難標繪出自己確切的位置，劉克襄說「我們是身分未明的遺腹子」：「美國人承認它是中國的一部分／日本人或許有另一種說詞／共產黨與國民黨一樣，甚至更糟／至於我們，意見最多」（〈我們無所需求〉）。於是他的〈遺腹子〉（收於爾雅版《七十二年詩選》）寫道：

一八九〇年，……
一九一五年，遺腹子陳念中
喜歡講中文，戰死於唯吧年
一九五一年，遺腹子陳立台
喜歡講閩南語，自戕於一個小島
一九八〇年遺腹子陳合一
喜歡講英文，病歿於異地
二〇一〇年，遺腹子……（103）

這首短詩不啻就是台灣被殖民歷史的縮影：念中、立台與合一；中文、閩南語與英文，標識了台灣史三個不同的階段。多元與混雜的語言，特別能顯示出後殖民地文化的複雜性，而讓人困惑的認同問題更能在其間顯露出來，西印度群島的牙買加克利奧爾語（Jamaican Creole）即爲顯例。台灣人所使用的語言也不例外，試看苦苓這首〈語言糾紛〉：

七歲時，為了在學校説
跟母親學的方言
挨老師打了一鞭

十四歲，質問爸爸和別人
説著日本鬼子的話
被他揍了一拳

廿一歲，被人看不慣
用英語和女朋友交談
當街打了一架

廿八歲，在海外同鄉的聚會
因為堅持國語發音
竟然挨了一槍
躺在地上，只剩舌頭未死
喊冤枉（1986: 20-21）

苦苓的〈語言糾紛〉雖不像劉克襄以宏觀立場敘述歷史，而把焦距調到一個人物身上，卻也具體而微地呈現出後殖民地人民認同混淆的問題（不同的語言代表不同的認同）。台灣因爲殖民的關係，隨時可以聽到日語、方言（閩南語、客語、大陸各地的南腔北調）、國語，以至於英語，也因而隨時有語言選擇的困擾。看來被殖民者的命運是悲情的，所以受過日本統治的前輩詩人陳秀喜在她的〈我的筆〉中即坦言：「『殖民地』、『地域性』/每一次看到這些字眼/被殖民過的悲愴又復甦」。岩上的〈台灣瓦〉則直說這段被殖民的台灣史，就像下雨的聲音（下在台灣的屋瓦上），聽起來是淒厲的：

荷蘭人

登陸時
下的雨
是淒厲的

日本人
登陸時
下的雨
也是淒厲的

所謂祖國
唐山過台灣
下的雨
仍然是淒厲的
雨是台灣海島
三百多年流淌不完的哭聲

我們在雨中
靠片片薄薄的屋瓦
擋住風雨
台灣的瓦是泥土做的
吸水虛胖
踩踏易碎（2000: 47-48）

這個「吸水虛胖／踩踏易碎」的台灣海島，也是向陽筆下待「發現的□□」，在〈發現□□〉（見現代詩社版《八十一年詩選》）詩中，台灣一詞被□□取代了，成了待填的空格：

數百年間
□□葡萄牙水手叫她 Formosa
□□荷蘭給她 Zeelandia 之名
□□鄭成功填進明都安平
□□大清來此設府而隸福建

□□棄民在此成立民主國
□□日本把大日本國植入
□□如今是中國不可分割的一省
在有限的四方框內
空空洞洞的□□
在無數的代名詞中
懵懵懂懂的□□
什麼都是的□□
什麼都不是的□□
猶似紅檜在濃霧中
找尋不到自己立足的土地（22）

陳黎獲第十七屆《聯合報》文學獎新詩首獎的〈福爾摩莎·一六六一〉一詩，則特別將荷蘭人殖民台灣的那一段歷史放大來看，詩的背景是荷蘭據台末年、明鄭流亡政府治台前夕，仿荷蘭傳教士的口吻，站在殖民主的立場說話：「主啊，我聽到他們說的荷蘭語有鹿肉的味道……主啊，在他里霧，我使已婚女子及少女十五人能為主禱告並會使徒信條十誡及餐前餐後之祈禱，在麻豆使已婚年輕男子及未婚男子七十二人能為各種祈禱，並會聖教要理，且閱讀亦藉宗教問答之懇切教授與說教，開始增廣其知識……」(1995: 189-190)。誠如李有成評論此詩道：「世人所熟知的後殖民主題或議題，此詩可謂一應俱全：殖民主對原住民的欺騙與剝削、殖民主的資源掠奪、殖民文化的含混雜種、殖民主對知識的壟斷與支配、殖民帝國的教化任務，以及旅行與殖民的關係等等，不一而足。」(同上註，211）至於瓦歷斯．諾幹的組詩〈霧社（一八九二～一九三一）〉放大的殖民史鏡頭則係從清末至由日人治台的那一段。瓦歷斯．諾幹以魔幻寫實的筆法開始，敘述了日本人以軍事手段壓制、以教育方式馴化台灣原住民族的殖民化過程。這段悲情的歷史出自原住民詩人的口中，讀來尤具力道。

顯而易見，上述十二類詩作並不能涵蓋所有後現代時期的新詩類型；然而，如前所述，從廣義的後現代主義的精神來看，這十二類新詩或崛起或興盛於一九八〇／九〇年代，毋寧說是較有時代意義與特色（台灣本地）的，或多或少都符合了「從邊緣出發」的特性，無論是在內容的表現上（如生態詩、情色詩、都市詩、政治詩、女性詩、原住民詩、後殖民詩），或在語言形式的創新上（如語言詩、圖像詩、科幻詩、方言詩、網路詩），都展現出與以往時代不同的精神與風貌，都有向主流、中心、權威、當道逆反的傾向，也不全是（多半不是）虛無的「後現代風」詩作。其中一些較具後現代前衛風格的詩作，包括運用拼湊手法（如陳黎的〈小城〉、陳克華的〈車站留言〉、李元貞的〈返鄉〉等）、雙聲帶對話（如曾淑美的〈一九七八年：十三歲的挪威木與十六歲的我〉、隱地的〈再生詩〉等）以及無深度感（而有點流於插科打諢）（如李魁賢的〈人的組合〉、蕭蕭的〈不繫之舟〉等）的詩作，一來限於篇幅，二來也由於從事創作者較少的關係，在此並未臚列討論。年輕詩人楊宗翰在〈後現代〉一詩中說：「歷史的巨輪沿著／鐵褐色軌道不停滾動」，並說後現代「像一句堅定的話語」——這是對的；但是後現代如前所述，絕不是他所描繪的：「嶄新的電車／滿載口吃的人」，這是對「後現代的誤解」（引喻失義）。後現代詩人並不口吃。

第六節　結語

詩史的演變與發展，有傳承的一面，也有變革的一面。傳承是繼踵前人留下來的規範，以前輩詩人的重要著作爲典律（canon），如同張漢良所說，他們的地位「譬如北辰，衆星拱之」，他們的著作（包括詩作、論述）已成了李歐塔所謂的「大（師）敘述」（master-narrative）（1988: 4）。如前所述，詩史如果照這樣走下去，無異於沒有發展。只有當變革（甚至是革命）出現，並向已成傳統的經典挑戰，詩史才有向前「進展」的可能。

所以，首先，前輩詩人的經典必須被挑戰、被解構，這是時代演進（到一九八〇年代）必走的道路。然而問題是，如同張錯在〈抒情繼承：八十年代詩歌的延續與不變〉裡所說：「在八十年代的台灣詩壇，我們並未眞正看到什麼前輩詩人權威的典律」（1996: 421）——就此而言，一九八〇／九〇年代是個新世代詩人較無包袱的時代，這也是後現代之所以能夠可能的一個重要的因素。一九八〇／九〇年代的後現代時期，只出現有具重要意義及特色的「小敘述」作品，而不再有被宗經徵聖的「大敘述」作品，上一節所臚列的代表性詩人與詩作，並非此一時期的典律，須知——後現代本身是反經典化的。因爲是反經典化，所以後現代時期的新世代詩人都要去洛夫化、去楊牧化、去羅門化、去鄭愁予化、去余光中化……

或有謂詩史若有變革的可能，一九七〇年代的寫實主義之後也不應該是輪由後現代的登場。持此說法者，主要是從後現代主義在英美的發展來看的。陳芳明即此一論調的代表人物。他認爲後現代主義的「後」有兩種含義，一是對現代主義的抗拒與排斥，這發生於一九六〇年代；一是指現代主義的延續，此則成熟於一九七〇年代以後。無論是抗拒或延續，後現代主義一詞的成立，乃是在此之前存在了一個現代主義的時期，於是他進而說：

> 從這個觀點來看台灣文學的發展，後現代主義若是可以成立的話，這種思潮之前應有一個現代主義時期。但是歷史事實顯示，自六〇年代以後的台灣文學卻是以現代主義—鄉土寫實主義—後現代主義的順序在發展。西方文學思潮的演進則是沿著寫實主義—現代主義—後現代主義的秩序進行。（1996: 26-27）

陳芳明的這個台灣文學史觀，冒了兩個很大的危險：

首先，這是個典型的線性史觀。後現代確實是在現代之後崛起，但在台灣的後現代與現代主義時期之間，就不能出現一個寫實主義時期嗎？陳芳明雖表示，這種突變式的文學演進並非不可能發生，但仍然認爲是相當的突兀。換言之，從現代到後現代不能是跳躍式的演進，必須是接續式的前進，這樣一九八〇年代以後被歸爲後現代主義時期才說得通。在此，文學史必須是循序漸進的線性發展史，儘管這種線性史觀在當代以來已屢遭質疑。我們不禁要問：歷史發展的軌跡是「誰」規定的？

其次，這又是典型的西方中心論。反諷的是，西方中心論卻是向來以後殖民主義為標榜的陳芳明所要撻伐的。我們要質疑的是：為什麼當代台灣文學史的演進非得要照搬西方那套「寫實主義—現代主義—後現代主義」的模式發展不可？陳芳明提到探討台灣文學史的發展，應「將其放在台灣文學的脈絡來看」（同上註），卻得出不沿著英美那套發展模式演變（而將後現代置於寫實主義之後）「是相當突兀的」結論。事實上，他的這個結論反令人感到突兀。如果眞就我們自己發展的脈絡來看，才不應落入西方的發展模式。顯然陳芳明的目的主要在以殖民及後殖民史的分期取代前述他所認為的發展的「悖論」，但不宜以英美那套發展模式來做為批判台灣後現代時期的依據。

如開頭所述，不同的史觀和不同的詮釋，自會得出不同的史實，歷史因而也會出現一種以上的版本。後現代主義本身不是什麼洪水猛獸；後現代時期的詩作，也不純然只有「解」，只有破壞，而沒有「構」、沒有建立，肯定論的後現代主義者就沒這麼虛無。杜十三擔心在後現代時期詩的創作，「從『第一自然』的『泥巴字彙』大地走向了『第二自然』的『水泥單子倉庫』，再從『水泥單子倉庫』跳進了『電腦筆劃的煉解廠』」，將使詩人在愈來愈多的「人造物」和「人造物的造物」中被扭曲[46]（1990: 17-18）。就狹義的後現代詩來看，重符徵的主張或表現，乃是要對之前的詩作及其規範重加反省，從來就沒有一種詩派或詩論放諸四海而皆準，難道把詩寫得像現代主義或寫實主義那樣才叫做詩嗎？就廣義的後現代詩而言，重符旨則不是問題，問題則在如何看待已成爲文化霸權的詩作，女性詩及原住民詩的出現，就提供了吾人一個反思的機會，人和詩其實都沒被扭曲。事實上，老詩人沒死，也不凋，只是舞台的主角換了新世代擔綱，歷史不過換了齣戲碼而已。二十一世紀伊始，新戲碼正等著上演了。

註釋

〔1〕按照何聖芬在一九八六年所發表的一份〈新詩作品發表調查報告〉所言，一九八五年在各媒體（含報紙副刊、文學雜誌及詩刊）發表的詩作，計有四八六三首（共一〇五五人）（李瑞騰，1986: 355）。嗣後非正式的統計，推估每一年的年產量，大約也是這個數目，即有四、五千首之普（李瑞騰，1992: 1）。如果把一九九〇年代中葉以後各類新出的BBS站和新詩網站上發表的詩作計算進去的話，總數將更爲驚人。據云，光是BBS站，平均每三個月就有一千首詩出現（瘂弦，1997: 7）。

〔2〕本書概以西元爲紀元，唯所引書目（如爾雅版年度詩選等）若以民國紀元標誌則從之，餘年代皆標爲西元。

〔3〕米爾斯還以一九六〇年代女性主義批評家很難接觸到早期婦女所寫的文本爲例說明，非經典性文本（non-canonical texts）通常無法被印製出版，也因此很難爲研究者所接近，而且在課堂上不願將之列爲書單供學生研讀（1997: 68-69）。

〔4〕年度詩選的編纂，爾雅版從民國七十一年（西元一九八二年）起至八十年（一九九一年）共出版十冊，一年一本，由編委張默、蕭蕭、向明、李瑞騰、向陽、張漢良輪流主編。一九九二年起由張默等人向文建會申請經費贊助出版，繼續年度詩選的編纂工作，也是一年一本，前六年由現代詩社掛名印行，第七年及第八年改由創世紀詩雜誌社印行。編委群名單前後則略有調整（林亨泰只出現在《八十一年詩選》中，以後

就除名了），主要有向明、余光中、洛夫、張默、瘂弦、梅新、商禽諸人。一九九二至一九九九年由編委之一搭配中青代詩人一人，雙掛主編；二〇〇〇年起新舊代換，編委群易爲蕭蕭、白靈、向陽、陳義芝及焦桐五人，仿爾雅版前例，每一年輪由編委之一掛名主編。一九八〇年代中除爾雅版年度詩選外，尚有前衛版，但只編選幾期便無以爲繼（因而難以形成主流論述），其編委群則迥異於前者，所選詩作亦不同。

〔5〕嚴格說，後現代主義也是一種形式主義，它很強調詩的文本性（textuality），但它的文本性和現代主義的形式主義頗爲不同，它不講究象徵、張力、意指或符旨（signified）那一套，反倒是著重文本本身的物質性（materiality）。如果拿人體來比喻，現代主義看重的是人身的靈魂，而後現代主義在乎的不過是人身的肉體。

〔6〕以林燿德爲例，儘管他極力批評以往以詩社派別來再現詩史的方式，亦對向來以現代主義、寫實主義及後現代主義來架構一九五〇、六〇年代、七〇年代及八〇年代詩史脈絡的主張不敢苟同，而提出另一種「不同於過往的圖繪方式」，試圖重構戰後台灣現代派以降的詩史，但仍不免要加以分期。他將這段詩史分爲：一、形式探索期（一九五六—一九五九年）；二、世界觀重建期（一九五九年—一九六八／六九年）；三、文化觀辯證期（一九六九年—一九八五年）；四、自我指涉期（一九八四／八六年—目前）。

〔7〕這些相關的後現代短文，包括〈詩與後設方法：「後現代主義」淺談〉、〈詩與資訊時代：後現代式的演出〉、〈詩與後工業社會：後現代狀況出現了〉、〈後現代與未來：後工業社會的文藝〉等四篇，全收入《詩人之燈》一書中。

〔8〕關於後現代、後現代性（postmodernity）以及後現代主義（postmodernism）之間的異同及其涵義，可參閱拙著《後現代的認同政治》第一章，有更進一步的釐清與討論（2001: 11-15）。

〔9〕古添洪指出，在伯恩斯坦的個人網址，光是「實驗」欄內，就提出了五十多種詩作實驗，如把一首外國詩單擬其聲而寫成英詩，如單用各種「藉口」語來寫成詩篇，或用各種「首句」（開場句）書寫成詩篇等，可謂盡瑣碎試驗之能事。同時他也在綜合媒體上做試驗，發表了許多如海報的「詩」與「畫」並置的作品，以及透過錄影機與電腦製作的相當出色的「影像詩」（video poem）（2001: 7）。

〔10〕例如發表在一九九八年二月十一日《聯合報副刊》底下這首〈高雄燈會頌〉朗誦小詩：「讓天上團圓的月色／和地上美滿的元宵／為我們美麗的港城／戴上最燦爛的夜景／讓所有的燈都點亮／讓所有的臉都反光／讓所有的手指向未來／所有的腳踏向目標／讓所有的心一同祈禱／願我們美麗的港城／光的焦點，燈的盛況／美名像一座燈塔／赫赫照耀著四方」。雖然朗誦詩語言宜明朗，但像這首詩淺白至此，著實讓人分不清這是詩的語言還是散文的語言。

〔11〕〈十點半〉一詩收入現代詩社版的《八十一年詩選》，全詩如下：

我有個十點半。
請別問那是上午的十點半還是下午的十點半，
夜間的十點半還是日間的十點半。
請別問那是何年何月何日在什麼經度什麼緯度

那一個城市那一條街上的十點半。

請別問那是什麼顏色的十點半。
請別問那是什麼調子的十點半。
是熱色的或冷色的，是三拍子抑二拍子，
這些，都不必問。

也請別問那是和什麼人在一起，
發生了什麼事情的十點半。
而總之，至極美妙，不可言喻，
　至極美妙，不可言喻，
　至極美妙，不可言喻，
我有個十點半。（11-12）

〔12〕嚴格而言，瘂弦只有一本詩集《深淵》行世，其詩雖自成典型，對詩壇活動貢獻甚多，也獎掖年輕詩人無數，但終究只寫了一本詩集，以「一部詩集走天涯」被列入「十大」行列，對同輩詩人而言，委實不太公平。

〔13〕笠詩社的代表人物林亨泰和白萩，晚近因創作量太少，難以顯現其影響力。李魁賢代白萩（二人同年同月

生，又同時加入笠詩社），係因其近年創作日豐，成績可觀。羅英和朵思在一九八〇／九〇年代的表現有目共睹，成就在蓉子之上。陳秀喜則於一九九一年過世，詩作亦少。「新十大」的遺珠之憾厥爲：辛鬱、管管、周夢蝶。

〔14〕一九八八年十二月，洛夫在《聯合文學》第五〇期發表首次返鄉有感詩作〈故國之旅詩抄〉，其中一首〈與衡陽賓館蟋蟀對話〉再度援引蟋蟀唧唧之聲話鄉思。返抵湖南衡陽老鄉的詩人這樣描述他的「遊子夢」：

而夜，已過半
躺在這前半生是故土後半生是
異鄉的
衡陽賓館
輾轉反側，猛然翻身
背上好像壓著一枚口哨
只聽到一陣唧唧的
呼痛
我趿鞋而起，四處尋覓
彷彿尋找一把
四十年前在此灑落的夢

從枕頭到床底
從牆腳到門縫
從滿城燈火
到雞鳴三聲（張默，1989: 222-223）

詩人中宵夢醒，唧唧復唧唧，讓他頓時興起「不知身是客」的恍惚之感。

〔15〕對於大陸故土的召喚，中生代本土詩人則有完全不同的感受與體會，黃樹根寫於一九八七年的〈授田證〉一詩堪稱代表，這首詩諷刺戰士授田證「是棄離家園時／唯一的簽證」，但是離鄉老兵換回來的「四十年家國期待／竟只是一場落空的騙局」，最後歸鄉的結局變成詩人筆下這種令人鼻酸的局面：

不禁止返家
不鼓勵返家
不協助返家
「帶爾等出來
必帶爾等回去」的許諾
已隨黃鶴颺逝
返家無門
家仍遙遠

戰士
拋棄授田分地的貪婪
期待發霉小小紙片羽化
折疊成一葉歸帆
送爾渡海回鄉（趙天儀等，2001: 562-563）

〔16〕至於羅門本人對於後現代的盲點，也就是他對於後現代的誤解，可參見林燿德〈羅門 vs.後現代〉一文的分析（1995: 103-112）。

〔17〕楊牧的詩向來學院派味道太重，中晚年以後更喜用典，入木三分，意象語法及抽象思維，行雲流水，爐火純青。但用典過多，於欣賞與閱讀難免造成一種隔，如果不嫻熟於中西文學掌故，批評家就不敢下筆評論，相信楊牧本人定有知音難覓之嘆。同樣是學院派的大家，晚年的余光中卻另成一典型，對楊牧應該有所啓發才對。楊牧也太過緊守現代主義的分寸，「後現代」三字對他似乎充耳不聞（如鄭愁予至少就寫過相關的論文），這也是一絕。他對於詩創作的態度，在〈論詩詩〉一詩的末段表露無遺：「『詩本身不僅發現特定的細節／果敢的心通過機伶的閱讀策略／將你的遭遇和思維一一擴大／渲染，與時間共同延續至永遠／展開無限，你終於警覺／惟詩眞理是眞理規範時間』」（1998: 108-112）

〔18〕〈多次觀滄海之後再觀滄海〉在《兩岸》第三集上被「會審」的原詩名爲〈關山亭觀滄海〉，後收入《錄影詩學》詩集後始易爲現名。

[19]〈畢業〉一詩首先敘述（某一學校）由訓導主任代校長主持畢業典禮，面對男女左右分開排列的學生致辭，在說出一句音調平板毫無轉折又無須換氣的簡單句子之後，聽講的學生「個個目瞪口呆／不知不覺之中／耳朵統統脫落下來」，而且落成一地花瓣。面對這一魔幻奇景，大家正要張口驚呼，「但見舌頭居然從／口腔中掉了下來」，而且掉成一地落葉。正當大家俯身撿拾之際，「但見眼珠子也紛紛／迸了出來」，結果迸出了一地龍眼。這還不打緊，更魔幻的是，在即將「畢業」的剎那，訓導主任大吼一聲「立正！」，最後竟讓所有的男生女生、老師家長的頭顱，噗通噗通地應聲滾落下來，「滾得到處都是／把升旗台滾成了一方石碑／把頭顱滾成了一地石頭」，然後大家就都「畢業」啦。魔幻場景隨著詩人寫實的筆法，層層逼近，駭人聽聞，但也不失「黑色幽默」。這種魔幻較諸洛夫的〈沙包刑場〉更具寫實性。

[20] 由於個人電腦在當時台灣尚未普及，致使《後現代狀況雜誌》僅製作一期即鳴金收兵，殊為可惜。

[21] 後現代學者羅森瑙（Pauline Marie Rosenau）在《後現代主義與社會科學》（*Post-Modernism and the Social Sciences*）一書中曾指出，後現代主義有各種不同的傾向與派別，即「有多少個後現代主義者，就有多少種後現代主義的形式」（1992: 15）。他還指出，不同的學者至少有五種以上的分法，包括建樹性後現代主義者（establishment postmodernists）和激進的、批判的後現代主義者（radical critical postmodernists）；「冷漠的」後現代主義（"cool" postmodernism）和「熱情的」後現代主義（"hot" postmodernism）；「解構的或消亡的」後現代主義（"deconstructive or eliminative" postmodernism）和「建構的或修正的」後現代主義（"constructive or revisionary" postmodernism）；「憤世嫉俗、悲觀絕望的」後現代主義（"apocalyp-

tic, desperate" postmodernism）和「耽於幻想、放浪形骸的」後現代主義（"visionary, celebratory" postmodernism）；以及反動的後現代主義（postmodernism of reaction）和反抗的後現代主義（postmodernism of resistance）等（1992: 16）。

〔22〕田運良在這三本詩集中，刻意地追求他的後現代風格，不少詩作如〈孤獨雜誌（Solitary Magazine）——不定期出版的心情〉、〈筆記二十：你我他〉（組詩，共五首）、〈革命錄〉等，均極具創意，惜多為評論家所忽略。

〔23〕羅智成「可算是」例外，至少他的論述文字曾提供與後現代對話的可能性。他在為夏宇的第三本詩集《摩擦・無以名狀》所寫的序〈詩的邊界〉中，就曾質疑夏宇「後設創作」所形成的文學界限模糊的問題。夏宇的這本詩集係從上一本《腹語術》中拿剪刀剪貼而成，如她自己所言：「這本詩集是上一本詩集的再生轉世有共同的胎記」（見該書〈逆毛撫摸〉一文）。對於這種實驗式的後設創作，羅智成的疑問是：「我們可以問：妳到底在幹什麼？為什麼要這樣做？竟然把原先我們所激賞的各式古典現代寫實超現實的人偶、家具及各種手工藝品全部敲碎、撕開、剪散，然後照什麼新訂的色彩計畫、拼貼計畫，重新縫成、黏成、接成身首異處、四肢錯置、面貌幾乎無法辨識的嶄新作品？」（〈詩的邊界〉）羅智成既如此質疑，他的詩作自然也就不會向夏宇、向後現代「看齊」。

〔24〕奚密在〈後現代的迷障〉一文中曾指出，這首詩雖然沒有標準答案可尋，惟「隨著上下文的變化，詩中每一個項目至少可以和兩個以上的其他項目連在一起而產生某種可以理解的意義」；「例如『寶藍』可以描繪『鼓』的顏色，但拿來形容主觀的『笑』亦無不可。『方法』的具體例子是『圖釘』或『磁鐵』，也可能

是一個動作如『挖』或甚至『笑』。兩個框框像『鉛字』，卻未必不可以是『信封』上塡寫郵遞區號框框中的兩個。『著』可以接在『笑』或『挖』的後面。『自由』像『磁鐵』、像『鼓』，也可以形容『無邪的』……」（1998: 216）奚密確實是一個「很會玩」的讀者，有「著」極強的聯想力，比如口口可以和鉛字或信封「連」起來，只是這樣的聯想過於牽強（信封上的郵遞區號框框至少要有三格；餘亦同），蓋評論者出於一定要「給予意義」（以反對後現代的純意符遊戲）的立場，必須想方設法找出「有意義的」讀法。然而，奚密既云「上面的讀法並非唯一的」，是不是也應尊重別人的「後現代讀法」？依當代讀者反應理論的見解，任何一位讀者在解讀作品之前都會有「先入爲主」的「預見」，彼此預見不同，自然會得出比如後現代與現代主義相異的看法。

〔25〕羅青的〈多次觀滄海後再觀滄海〉原詩如下：

平平坦坦的大海上
好像什麼都沒有
好像什麼都沒有的大海上
居然真的什麼都沒有
就是因為原來什麼都沒有
才知道根本什麼都沒有

可是平平坦坦的大海之上
的確什麼都沒有嗎？
什麼都沒有的海上啊
當然是什麼都沒有
平平坦坦的大海之上
果然渾然自自然的是什麼都沒有

註：曹孟德建安十二年作
〈步出夏門行〉，首章
〈觀滄海〉，其辭如下：

東臨碣石
以觀滄海
水何澹澹
山島竦峙
樹木叢生
百草豐茂
秋風蕭瑟

洪波湧起
日月之行
若出其中
星漢燦爛
若出其表
幸甚至哉
歌以詠志

後記：
這是我第一次
用電腦文書處理系統
寫詩
其中「竦峙」兩字
是用造字系統
畫出來的（1988: 258-261）

〔26〕陳黎的〈新康德學派的誕生〉原詩如下：

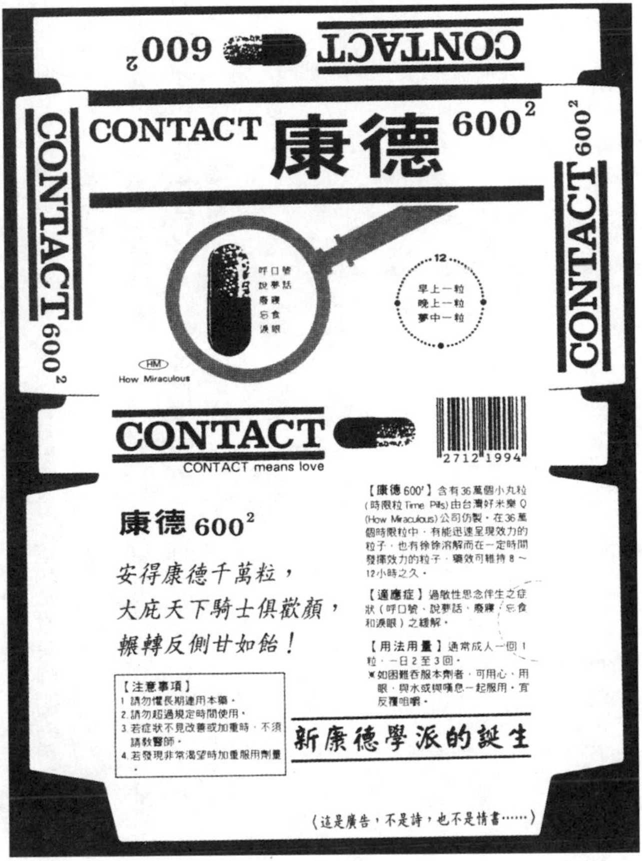
CONTACT 600²
CONTACT 康德 600²
CONTACT 600²
CONTACT 600²
呼口號
說夢話
廢寢
忘食
淚眼
12
早上一粒
晚上一粒
夢中一粒
HM
How Miraculous
CONTACT
CONTACT means love
2712 1994
康德 600²
安得康德千萬粒，
大庇天下騎士俱歡顏，
輾轉反側甘如飴！
【注意事項】
1 請勿懼長期連用本藥。
2. 請勿超過規定時間使用。
3. 若症狀不見改善或加重時，不須請教醫師。
4. 若發現非常渴望時加重服用劑量。
【康德 600²】含有36萬個小丸粒（時限粒 Time Pills）由台灣好米樂Q（How Miraculous）公司仿製。在36萬個時限粒中，有能迅速呈現效力的粒子，也有徐徐溶解而在一定時間發揮效力的粒子，藥效可維持8～12小時之久。
【適應症】過敏性思念伴生之症狀（呼口號、說夢話、廢寢、忘食和淚眼）之緩解。
【用法用量】通常成人一回1粒，一日2至3回。
※如困難吞服本劑者，可用心、用眼，與水或與嘆息一起服用，宜反覆咀嚼。
新康德學派的誕生
〈這是廣告，不是詩，也不是情書……〉

（1995: 127）

〔27〕例如〈巨柱〉：「我遇到第一千根人類遺留的巨柱。／正當大地陷入交媾後的疲乏，／兀自矗立如陽具般，在黑色浪潮浸泡著的沙岩岸上／佈滿黏稠的，嗜食塑膠與玻璃的軟體動物」以及〈逃往阿非利加——記最後一名人類〉：「地球挽不回他的精子。／地心引力的極限／只達到鼠蹊而已，當他弓起身子／對著滿月射精：呵，像群群放生的魚群／擁擠而且歡躍著」這類性意象鮮明的句子。二詩皆收於《日出金色——四度空間五人集》一書中。

〔28〕例如顏艾琳這首被選入爾雅版《七十七年詩選》的〈史前記憶〉，便是一反常態將詩中所有的標點符號全移至行首（除了第二段第三行）——或許這樣才能顯現它的「史前」意味：

天好藍
，藍過我的憂鬱了
，於是
不得不快樂
……
非假寐不可
，以消除夢的沈痾
（一種虛偽的幸福感。）
孤獨嗎

？孤獨
。我不睡雙人床
，那會養成一種非非的壞習慣
這樣的藍
純淨得不帶任何心情
；然
，出現在如此多元進化的城市叢林中
我被迫還原成
史前一枚沉睡的
：貝
。（1997: 46-47）

〔29〕「五〇年代是孤獨的」——此一命題或許亦和周夢蝶有關，因他的第一本詩集《孤獨國》係於一九五九年出版。

〔30〕夏宇〈降靈會III〉原詩如下：

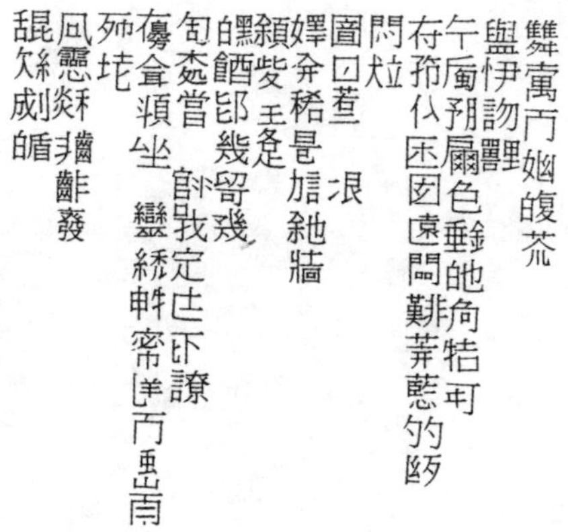

（2001a: 41）

〔31〕黃智溶在一九八〇年代中後期出版《海棠研究報告》及《今夜，妳莫踏入我的夢境》二本詩集之後，一九九〇年代起創作量遽減，就難以成為後現代時期的重要詩人了，殊為可惜。

〔32〕瘂弦這段話，陳克華在為顏艾琳此本詩集所寫的序文〈是操控情慾的瑪麗蓮，還是情慾操控的芭比〉中，曾有反諷式的不同看法：「早已習慣於享用女性以偽裝的高潮取悅的主流論者、作者，在面對顏艾琳坦承女性慾望的同時，只有自承年齡已進入『慈祥期』，以避開與女性情慾正面交鋒，並對女性情慾作品先『去情慾化』，之後始得進入『討論作品』階段。」瘂弦在簡評顏艾琳〈淫時之月〉、〈水性——女子但書〉等

詩時確有如下之語：「已經進入『慈祥期』的我和我同年代詩友們，在面對艾琳本人的時候，少不得會假裝板起面孔道學一番：『小孩子懂什？亂寫！』但在內心仍禁不住對自己說：『這女孩寫得眞好！』」（顏艾琳，1997: 13, 40）。

〔33〕〈失蹤的象〉原詩如下：

言者所以明，得而忘言
者所以存意，得意而忘
存言者，非得者也
存者，非得意者也
生於意而存焉
則所存者乃非其也；
言生於而存言焉
則所存者乃非其言也
然則，忘者，乃得意者也
忘言者，乃得者也
得意忘，得忘言
故立以盡意
而可忘也

（2001a: 54-55）

〔34〕管管是前輩詩人中極富後現代精神的一位代表性詩人，除〈的〉一詩外，餘如〈說一部『秋冬收脂後無疤無節上等梨木乾隆版版本刻大藏經』的閒話〉（把詩寫成一篇極具諷刺及辛辣意味的批判性短文，顛覆文類的慣性用語成規）、〈青蛙案件物語〉（解詩的意象化，使其無深度感，而成了窮極無聊的一堆「廢話」）等，在同輩詩人中獨樹一格，自成典型。

〔35〕台灣詩壇在一九八四年有「中義視覺詩聯展」、八六年有「視覺詩十人展」（參展詩人有白萩、洛夫、管管、辛鬱、瘂弦、張默、商禽、楚戈、碧果及杜十三）。

〔36〕須文蔚的〈追夢人〉一詩，與向陽的〈一首被撕裂的詩〉、蘇默默的〈抹黑李白〉，被相當具有代表性的網路文學網站「歧路花園」的主持人李順興譽為「本地網路詩的創新範例」。

〔37〕BBS與WWW目前是網路詩發表的二個主要管道。前者截至一九九七年為止，設有詩版的站台在兩百以上，著名的有「山抹微雲文藝專業站」、「晨曦」、「尤里西斯文社」（已解體）、「自己的房間」、「地下會社」等，主要係由各大學（中山、清華等）開設。後者較具規模的網站有「詩路：台灣現代詩聯盟」、「台灣文學研究工作室」、各報（《聯合報》、《中央日報》等）副刊網路版，以及若干詩人的個人網站，如蘇紹連的「現代詩的島嶼」（http://residence.educities.edu.tw/purism/）、向陽的「台灣網路詩實驗室」（http://www.hello.com.tw/~chiyang/），以及陳黎、蕭蕭、游喚個人的網站。

〔38〕李順興曾有專文對蘇紹連的網路詩加以分析。在〈超文本詩的互動操作與動態想像〉一文中，針對蘇的〈風雨夜行〉、〈小丑〉、〈果汁螞蟻〉及〈沙漏〉等詩作，李順興曾做了簡要的短評（2000: 66-68）。

〔39〕蘇默默的〈抹黑李白〉組詩包括〈李白問醉月〉、〈詩・屍〉、〈歸零〉、〈本相〉、〈生死四道辯證〉、〈吃・喝・拉・屎〉等六首；〈物質想像〉組詩包括〈水〉、〈火〉、〈木〉、〈金〉、〈土〉等五首。參見http://benz.nchu.edu.tw/~garden/a-works.htm。

〔40〕後現代強調生態及心靈的淨化；但另一方面在大眾消費上，它又極盡媚俗之能事——從這裡也可見到後現代本身多元與駁雜的性格。

〔41〕李敏勇的〈街景〉和劉克襄的〈知識份子〉有依稀彷彿相似的感覺，原詩如下：

詩人們
在街角的咖啡店
談論革命的歷史

偶爾
翻閱著晚報
在音樂裡議論時事
遠方充滿戰爭的消息
獨立運動與統一分別進展
世界在瓷杯裡攪動著

玻璃窗外
行人匆匆走過
尾隨著迷失的狗（1993: 62-63）

〔42〕向陽在〈在網路中書寫新島嶼〉一文中曾提及：「一九七六年，我開始運用母語創作一系列台語詩時，整個環境（文學的與政治的）都相當不利，台語在當時的氛圍中，猶如異端，甚或洪流猛獸，在詩壇被視爲『不入流』的語言，是狹隘的書寫，連當時重要的本土文學雜誌守門人也有『不宜爲之』的看法。」（2001: 37），足見一九七〇年代方言詩出現的環境尚未成熟。

〔43〕此詩在《台語詩六家選》中用此名稱；文中援用了羅馬字；但早在選入爾雅版《七十四年詩選》時原詩題則爲〈在公布欄下腳〉；後在二〇〇一年《聯副》文學咖啡屋網站的「網路創作大競技」第五展刊出時，亦援用原詩名，且同樣在文中不用羅馬字（網址爲：http://www.cca.gov.tw/coffee 或 http://novel.udngroup.com.tw）。

〔44〕江文瑜在詩的語言及形式上，也有大膽的創新，在這方面，她的前衛性與陳黎、夏宇、林燿德等人相較，亦不遑多讓，如〈經前症候群〉、〈黑芝麻〉、〈豬腸〉、〈從吐苦水到吐口水——一九九七年縣市長選舉後感〉、〈我的皮夾只放你一個人的名片〉……惟由於她的崛起時間稍晚，這些具後現代詩風的詩作，看來不無受到前述諸人的影響。

〔45〕陳義芝近年來對女性（主義）詩作用功甚勤，除本詩外，發表在《現代詩》復刊第九期的〈女性主義怎麼

說〉，亦涉及女性主義這個課題。是詩係站在女性立場重新審視中國古代獨守空閨的婦女，爲她們發出類如女性主義者的「不平之鳴」：「隱身巨大黑暗中的／貞節牌坊是一冊沈重得／教人不敢翻讀的婦德誡命啊」。這些詩作或許是他學術研究之餘的另一項成果。他的論著《從半裸到全開——台灣戰後世代女詩人的性別意識》於一九九九年出版。〈裸夜〉一詩中提及的女性主義者正在趕寫的論文題目，乃借自他自己的著作名稱，主題都和女性情慾有關。

〔46〕杜十三近年的「詩行動」，譬如提倡視覺詩，從事多媒體與現代詩的結合，頗有後現代的味道。但是他筆下的詩作，泰半仍循規蹈矩，不離現代主義，在論述上更反對後現代重符徵輕符旨的「反動形式」（他如此稱呼），主張人本主義（也就是詩要寫得有「人」味）；如斯一來，遂使其創作與行動本身產生自相乖張的情形，也難以被定位，在後現代時期他的角色反而模糊化了。

分論／理論與實際篇

第二章 台灣後現代詩的論述

第一節　前言

台灣詩壇最早的後現代詩作出現於一九七〇年代末及八〇年代初之間[1]，有關的後現代論述則始於一九八五年《草根》復刊後羅青與林燿德諸人的提倡（廖咸浩，1996: 441），始作俑者咸以羅青發表於一九八六年的〈七〇年代新詩與後現代主義的關係〉、〈詩與後工業社會：「後現代狀況」出現了〉二文為嚆矢[2]（陳義芝，2000: 384）。林燿德亦於同年在評論夏宇詩作的〈積木頑童：論夏宇的詩〉一文中，首揭後現代主義的概念，以解構、語言遊戲等角度來解讀夏宇《備忘錄》詩集中的作品（1986: 127-140）；同時指出，在此之前以現代主義來解析夏宇的詩作（如萬胥亭的論述），已無法對症下藥，蓋「要破解夏宇詩作的奧秘，首須理解她作品中後現代主義的傾向」（1986: 129）。

台灣最早提及後現代主義的文獻，雖係楊熾宏寫於一九八三年的一篇介紹性文章（廖咸浩，1996:441），但進一步的後現代論述則要等到一九八〇年代末及九〇年代初，一九八九年

《當代》雜誌「現代到後現代」專輯的引介，以及當代美國後現代文論家詹明信（Fredric Jameson）《後現代主義與文化理論》中譯本，蔡源煌、羅青、鍾明德與孟樊等四人相關著述的出版[3]，可謂爲後現代論述發展的一個里程碑，一九九〇年以後，不論是斷簡殘篇式的意見發言，或是較具系統性的論著，陸陸續續出現，以致在台灣的學術界及文化界形成所謂的「後現代熱」。毫無疑問，台灣這股後現代熱潮一如當初現代主義的興起仍係由詩壇炒起來的，若干詩人（如羅青、夏宇、林燿德、陳克華、林群盛等）的創作及論述文字（如羅青、林燿德、孟樊等）成了帶動後現代思潮的火車頭，一九八八年詩論家張漢良率先在爾雅版《七十六年詩選》[4]爲後現代詩定調，可謂爲首開文壇風氣之先。

然而，開風氣之先的後現代詩論述，多半都是不成系統之作，雖然這或許和李歐塔（Jean-Francois Lyotard）對於大敘事（grand narratives）的質疑（1984: xxiv）[5]有關——蓋不成系統的意見表述，本身即爲反大敘事的具體表現，而這正是李歐塔所說的「後現代狀況」的一種徵象。直至廿世紀結束，台灣詩壇仍未出現有關後現代詩論述的系統性專著。較具系統性的論述則始見於一九九〇年孟樊那篇長達三、四萬字的〈台灣後現代詩的理論與實際〉論文（與本書同名），詩論家奚密即謂該篇論文「堪稱目前爲止最具規模和代表性的後現代詩評」(1998: 204);之後對後現代詩較具完整性的論述，則有一九九八年廖咸浩的〈悲喜未若世紀末：九〇年代的台灣後現代詩〉與二〇〇〇年陳義芝的〈台灣後現代詩學的建構〉二文，廖、陳二文和孟樊上文一樣，對當時詩壇的後現代詩做了較爲全面的爬梳與檢視，撰述的立場基本上係告知(inform)式的，而非屬鼓吹(advocate)式的，儘管他們亦都有其預設的理論前提(presuppostion)。

關於後現代詩(作品)的研究與論述，如前所述，自一九八〇年代中期羅青、林燿德等人高舉後現代大纛以來，儘管尚未見系統性論著的問世，惟陸續有人爲之，發爲議論的大大小小文字不在少數，或發人深省，或不足觀哉，總之，並不缺乏。然而，迄至目前爲止，仍未見對這些論述予以檢視的論著，本章即係基於這樣的出發點，針對其中若干代表性的論述加以檢討，或可視爲「論述的論述」。

後現代主義無論如何總是舶來品，將之引進台灣勢必牽動不少當代的西方思潮——尤其是一九六〇年代以來的後結構主義；不僅如此，做爲後現代詩大本營的當代英美後現代詩，其創作之特色及其詩潮之走向，以至於相關詩人、詩論家的理論主張，理應對台灣詩壇產生一定程度的影響。事實上不盡然。台灣詩壇對於後現代理論的引進，可謂一鱗半爪，雖然不少人對諸如哈山（Ihab Hassan）、詹明信、羅蘭．巴特（Raland Barthes）、德希達（Jacques Derrida）、李歐塔、布希亞（Jean Baudrillard）……的名字琅琅上口，惟恐信手拈來居多，幾不曾對之加以深入的探討，此其一。至於對當代英美後現代詩潮的引介，除了廖咸浩與游喚提及美國語言詩派（Language Poets）、葉維廉論及黑山詩派（Black Mountain School）的投射詩（projective verse），以及古添洪引述過語言詩理論大師伯恩斯坦（Charles Bernstein）的觀點外，更是少之又少，僅見的相關論述，可謂為斷簡殘篇，此其二。當中較有系統性的引介，厥為孟樊前文（第二及第三節）與廖咸浩的〈從諸神的秘會到精靈的邀宴：當代詩的兩種趨勢〉（1994: 13-20），惟仍稍嫌簡略。廖炳惠遂謂：「後現代主義能在台灣現代、當代詩篇中廣被挪用，並不代表這些詩人或評論家指涉及歐美的後現代主義及其情境，而在知識層面上提出彼此對應的條件。」（1995: 74）

有鑑於此，本章很難對詩壇上迄至目前為止所引介的諸種西方當代後現代主義思想或理論予以「再論述」，事實上也無此必要[6]，理由已如上述。歐美後現代理論的引介與檢視，似乎並非詩壇的「份內之舉」，這項工作還是留給學術界（或文化界）。後現代詩人只要燒一把火就行了。儘管如此，台灣詩壇向來不乏爭辯之聲，關於後現代詩的意見也是如此，詩人及詩論家在摭拾西人牙慧之餘，均有其個人的主張與定見，而這不妨視之爲後現代之全球在地化（glocalization）的又一例證。

第二節　後現代詩特徵說

做爲後現代文學之一支的台灣後現代詩，究竟呈現出什麼樣的特色？這恐怕是研究台灣後現代詩的理論家或學者首要探尋之所在。蓋指出其特徵之所在，亦即在爲後現代詩一詞下定義，如果不事先做界定的工作，率爾操觚，探討之焦點勢將模糊，以致失其立論之基礎。此所以陳義芝在〈台灣後現代詩學的建構〉一文中，開頭便要從其所歸納的後現代詩特徵中先下定義，以做爲底下進一步討論的依據。

一、羅青與張漢良的論點

台灣詩壇上最早論及後現代詩特色問題者，厥爲羅青與張漢良二位。羅青以自己早期詩作〈吃西瓜的六種方法〉爲例[7]，說明此一組詩乃台灣文學中「後現代」傾向的一個先聲。他自剖〈吃〉詩道：「我的題目寫明了是『六種方法』，而內容只寫了四種，而且全與吃西瓜無關，第五種甚至只有題目。最後一種，是第零種還是第六種，則完全不能確定。形式的不固定使內容也完全開放了出來，產生了無數意義的可能。」（1988: 270-271）在他看來，〈吃〉詩用的是解構主義的修辭，而這類修辭，「強調看不見的那一面，亦即『表現出來的東西，正好顯示出沒說出來，或沒表現出來的意義』。因此，意義可以衍生發展，永無休止，永不固定。」至於解構主義的主旨，依羅青的解釋，即「沒有中心」，也就是文學本身沒有固定的意義，可以容納各式各樣的解說，而這與他寫「〈吃西瓜的六種方法〉時，所採用的精神及手法，十分類似。」（1988: 261）

羅青在此係以美國解構理論家米勒（J. Hills Miller）的解構式閱讀策略來爲其所謂的後現代詩定調。米勒的解構批評（deconstructive criticism）認爲，文本的意義（他也以詩爲例說明）具有生產性，會不斷地產生出新的意義來，也因爲這樣，在一首詩中（他喜用 one poem 而不用 poetry）（2000: 171-172），總寓有彼此相矛盾的意義，容許你做多義性的詮釋，因而他在〈做爲寄主的批評家〉（The Critic as Host）一文中遂謂：「對一首詩進行『明顯的或單義性的解讀』（the "obvious or univocal reading" of a poem），並不能等同於該詩本身」（1979: 224）。在〈解構及一首詩〉（Deconstruction and a poem）中更舉出他所謂的解構式閱讀不同於新批評的「細讀」（close reading）之所在的三種方式：一是運用語辭行動理論（speech act theory）；二是對抗「好詩必是一種有機的統合」這樣的假定；三是在詩中去對抗由詩所喚起的難以理解的、完全是他者（wholly other）的部分（2000: 185）。

羅青以米勒式解構主義來定義後現代詩的特徵，到了張漢良手中，則換成了李歐塔所說的崇高或雄偉（sublime）美學。張漢良認爲：「李歐塔指出後現代美學不再談『美』（大敘述），而談雄偉（一個不完美的譯名），一種既興奮又痛苦的感覺」；而「後現代詩人預想出許多雄偉的接觸，科幻詩便是一例」，後現代詩就是要極盡想像，拼盡語言，以呈現那「不可呈現者」（the unpresentable）（1988: 7）。在張漢良看來，一九八〇年代林燿德、陳克華、林群盛等人的科幻詩，放眼速度驚人和力量萬鈞的未來，拼盡語言，寫那「不可描寫的邂逅，或第三類接觸」，乃是後現代詩「典型的例子」，他並以林群盛的〈那棟大廈啊……〉一詩爲例，說明此詩寫出詩人接觸到大廈那一剎那的「幾乎不可名狀的雄偉感」（同上註）。

然而，張漢良出自李歐塔的這個後現代詩「崇高美學」說，在此恐須進一步辯明，否則極易引起誤解。李歐塔說，現代藝術（包括文學）的原動力來自崇高美學，而這是由於其對現實的撤離。依康德的說法，崇高具有現實之不可共量性（the incommensurability of reality），所以是「不可呈現的」（1984: 77-79）。然而，類如普魯斯特（Marcel Proust）、喬依斯（James Joyce）等現代主義作家的作品，卻是想利用語言以喚起那不可再現者，讓那些無法呈現之事物，在自己作品的意符（signifier）中變得具體可感。以前者為例，雖然為了敘事語態的關聯而使其對時間的連續性施加拆解，惟其書中的統一性，亦即其意識之航程（the odyssey of that consciousness），事實上並未受到嚴重的挑戰，蓋貫穿全部冗長的敘事迷宮的寫作之本身，足以含有相當的統一性（80-81）。李歐塔認為，現代與後現代的區別正在這裡：

> 現代美學是一種崇高的美學，雖然它是懷舊的、鄉愁式的一種美學。它允許那不可呈現者僅僅以消失式的內容（the missing contents）予以呈現；而在形式上，因為具有明顯可辨的一致性，可持續提供給讀者或觀眾慰藉與愉悅。但這些情感並未形成真正的崇高情操，崇高情操是喜悅與痛苦的內在結合。……後現代則在現代中，將那不可呈現的表現在再現本身中。後現代的情形是，它本身拒絕美好形式的慰藉，也拒絕品

味的共識——這種共識讓其對難以獲致的鄉愁的集體分享成為可能。後現代尋求新的表現方式，並非要從中覓取享受，而是要傳達我們對不可呈現之事物那種更為強烈的感受。（81）

所以說，雄偉感或崇高情操乃是現代主義作品所要傳達的感受，惟由於其「爲德不卒」，只傳達出愉悅之感，乃由後現代予以賡續。後現代不再追求「美好形式的慰藉」，它也不像現代主義去追求「形式上可辨之一致性」，而是要將那不可呈現之事物，「表現在再現本身中」，其目的不在覓取享受（或愉悅），而是要「傳達我們對不可呈現之事物那種更爲強烈的感受」。在此情況下，後現代詩即便想再傳達崇高的情操，這情操也不會是令人愉悅的情緒，更重要的是它不再如現代（主義）詩那樣尋求形式的統一，同時也藉此暴露出再現的本質問題。

二、孟樊、廖咸浩與陳義芝的歸納

羅青與張漢良上述之論點，乃是各自從特定的面向切入以摭拾後現代詩之特徵，稍後孟樊於一九九〇年發表的前文以及廖咸浩於一九九六年發表的〈離散與聚焦之間——八十年代後現代詩與本土詩〉與一九九八年發表的上文、陳芝在二○○○年發表的前文，均對台灣後現代詩創作的特徵予以歸納。孟樊認為台灣後現代詩的創作有如下主要七點特徵[8]：

(1)文類界限的泯滅。

(2)後設語言的嵌入。

(3)博議（bricolage）的拼貼與混合[9]。

(4)意符的遊戲。

(5)事件般的即興演出（happening performance）。

(6)更新的圖像詩與字體的形式實驗。

(7)諧擬（parody）大量的被引用（1995: 265-279）。

至於廖咸浩上文的歸納，略有不同。〈離〉文認為以台灣特殊政經文化環境為條件的台灣後現代詩（風）亦有底下七項特色：

(1)反寫實主義。

(2)國際取向。
(3)宏觀政治取向。
(4)都市取向。
(5)未知/未來取向。
(6)多語混雜。
(7)多元議題（1996: 443）。

這七項特色到了晚出的〈悲〉文中，則有了不同的修正，這可能緣由前文論述的對象是一九八〇年代的後現代詩，而本文歸納的則是一九九〇年代的後現代詩新貌，這包括下述五點：

(1)文字物質性的深掘。
(2)日常感動常在無心處。
(3)政治議題與文本交歡。
(4)情欲的歡慶、無奈與顛狂。
(5)網路文化與想像未來（1998: 36-50）

一九九〇年代後現代詩的這五個特徵，除了政治取向／議題一項外，都是前述（一九八〇年代）歸類所無的「新貌」。但即使是關於「政治」一項，前後兩個不同的階段，在取向上亦有所不同。在廖咸浩看來，一九八〇年代「早先的政治詩愛談國族、傾向寓言化、語言也多半保守。一九九〇年代的政治詩相對的則有以下兩個特色：文本策略的中介與離散大敘事傾向」。前者（一九八〇年代），他以林燿德後現代政治詩〈交通問題〉做爲典型的例子；後者（一九九〇年代），則以陳克華的詩集《欠砍頭詩》與《美麗深邃的亞細亞》爲例，說明陳克華以情色介入政治的傾向（1998: 42-43）。一言以蔽之，一九八〇年代的後現代詩係「宏觀政治取向」，而一九九〇年代則是「微觀政治的傾向」。問題在：後現代既是大敘事的結束（the end of the grand narrative），多數學者咸認爲，其在政治取向上乃屬於微觀政治（micropolitics）的範疇，它的焦點已從宏觀政治（macropolitics）轉移（Thompson, 1998: 151-152；孟樊，2001: 322-329）。因此，以「宏觀政治取向」來做爲（一九八〇年代）後現代詩的特徵之一，不無疑問。

比孟、廖晚出的陳義芝上文，亦綜合歸納了台灣後現代詩的五個特色：

(1)不再追求個人主義風格的創新，反而將仿造（pastich）做爲一種寫作策略。

(2)以不連續的文字符號建構出有別於傳統、不具意指（signified）的語言系統。

(3)創作的精神不在於抒發情感，而在於表現媒介本身，不在於呈現眞實事物，而在完成一種廣告式的幻象。

(4)表現方法不依賴時間邏輯，而靠並時性空間關係的突出，景物與景物間、事件與事件間，因互不相屬而留下更多聯想的空間。

(5)要求讀者參與創作遊戲，讀者可以在作者有意缺漏的地方塡入不同的意符而產生不同的意指（2000: 385）。

陳義芝所歸納的上述這五個後現代詩的特徵，基本上不出孟樊歸納的範疇，其(1)至(5)項分別類同於後者的(3)至(7)項，而第(3)項則和廖咸浩所說的「文字物質性的深掘」一項相似，他所忽視的則是廖文所指出的包括：政治取向、都市取向、未來取向、情慾取向，以及日常感動和網路文化之特性。孟文與陳文所歸納的後現代詩特徵，之所以不同於廖文處在：前兩人主要從詩的形式（技巧）做歸類，而後者的歸納除了形式外，還兼及詩文本的內容，亦即其間之差異，主要係導源於彼此歸類基礎之不同。而不論是孟、廖或陳的歸納，這些都只是「台灣版後現代詩」的特徵；然則台灣版與英美版的後現代詩究竟有何不同之處？誠如上一章第五節所述，依據學者伍德斯（Tim Woods）的歸納，英美後現代詩約有如下七項共同的特徵：

(1)對先前被認定的形式的抵拒，這些先前被認定的形式則指定了語言及意念如何安置。

(2)反對封閉，主張開放形式，比如「開放場域」（open field）式的構文、「新詩句」，以及其他非由正統詩所傳承的形式。

(3)對抒情主體（lyric subject）的挑戰（抒情主體被視為一統合性的聲音，在詩中掌管著詩人的意識），而採納一種更為分散與多元的聲音。

(4)對於深植於以口語形式為優先性的「在場詩學」（poetics of presence）的質疑，熱烈地開拓語言書寫或文本的層面。

(5)堅持意符的物質性，並欣喜於打開這種認知（指意符的物質性）的可能性。

(6)履行一種「參照項政治」（a "politics of the referent"），易言之，即它們和語言的遊戲及其「規則」，乃係對賦予支配性語言形構或模式（dominant linguistic formulations or patterns）的意識形態權力一種愼思性的挑戰。

(7)持續性地強調詩人社群共享的實踐，以反對個人主義的意識形態（1999: 77）。

上述這七項「英美版後現代詩」的特徵，嚴格而言，除了最後一項（唯一不以形式歸類），餘前六項特徵亦和「台灣版後現代詩」大同小異，或謂台灣詩壇的後現代不可能是西方後現代主義直接影響之下的產物（陳義芝，2000: 408），兩者在創作手法上容或有差異，惟其所顯現的基本特徵，多有不謀而合之處。這也爲後現代與全球化這一課題提供了另一可供尋思的面向。

第三節　社會/經濟反映論

在我們談論後現代時，後現代已在我們週遭了。始揭後現代大纛的羅青就是這樣宣稱的：「後現代狀況不管是好是壞，已經是我們大家現在在生活的情況，至於藝術家要不要認同，那就見仁見智了。」（1988: 270）羅青之所以有如此看法，是因爲他認爲在一九八○年代台灣已邁入後工業社會（the postindustrial society）（1988: 275），爲此，他還在《什麼是後現代主義》一書中編了一份「台灣地區後現代狀況大事年表」（此大事年表後來引起極大的爭議，曾引來陳光興強烈的批判）[10]，以說明台灣逐步進入後工業社會的演變狀況（1989: 359-415）。

羅青向來認爲，現代主義的社會是工業社會，而後現代主義的社會則是後工業或資訊社會（1988: 262）。在〈詩與資訊時代：後現代式的演出〉一文中即言：「所謂『後現代』（postmodern），對社會而言，是所謂『後工業時代』；在知識傳承的方式上，是所謂的『電腦資訊』；反映在文學藝術上，則是『後現代主義』。」（1988: 254）在稍後出版的《什》書中，更直言「後現代文化是後工業社會的反映」，並指出後工業社會有如下五個特色：

(1)累積、處理、發展知識的方式，由印刷術改進到電腦微處理，人類求知的手段，有了革命性的改變。

(2)知識發展的方式得到了突破，各種系統的看法紛紛出籠，社會的價值觀及生活型態，便朝向多元主義邁進，而其基本原動力便是解構思想。

(3)在資訊社會中，貫時系統與並時系統裡的有機物及無機物，包括人、事、物都可以分解成最小的資訊記號單元，都可以從過去的結構體中解構出來。資訊的交流重組與複製再生，便成了後工業社會的主要生活及生產方式。強大的複製能力，促使社會走向一種以不斷生產不斷消費爲主的運作模式之中，所謂的消費社會便應運而生。

(4)在資訊的重組與再生之間，人們發現「內容與形式」之間的關係亦可解構；而內容與形式既可以分離，則古今中外的資訊便可在人們強大的複製力量下，無限制的相互交流，重組再生。

(5)後工業社會的工作型態，把工業社會的分工模式解構了。生產開始走向個體化、非標準化，工作環境則走向人性化（1989: 316-317）。

羅青所持的「後現代主義是後工業社會的反映」的說法，後來則爲陳義芝所吸收，在〈台灣後現代詩學的建構〉一文中，陳義芝亦同羅青一樣採取了社會/經濟反映論的主張，認爲「經濟時尚與改革騷動提供了後現代具體實踐的情境」，而典型的後現代社會情境更可以從消費文化的角度加以觀照。於是他在底下列舉了八項後現代社會情境的相關因子：

(1)脫胎於歌舞團脫衣表演的牛肉場現象。
(2)後來發展成為 KTV 文化的卡拉 OK 熱潮。
(3)以麥當勞為代表的西式速食文化。
(4)幾乎是全民瘋狂的「大家樂」賭博。
(5)低成本製作、具高度自覺的新電影浪潮。
(6)具抗爭精神、批判性格的小劇場運動。
(7)參與街頭示威、反體制的電子「小眾媒體」的出現。
(8)能源耗盡引發的生態危機（2000: 386）。

陳義芝在歸納出上述八項後現代社會情境的特色外，還進一步以編年史的方式（一九八〇至一九八七年）描繪了台灣後現代的社會情境，這種論述手法簡直和羅青如出一轍，顯然他接受了羅青的論調。與陳義芝的「照單全收」不同的是，向陽在〈迷幻的虛擬之城：台灣網路文學的後現代狀況〉中對羅青上述說法的質疑。

向陽認為，羅青把後現代詩學和資訊社會或後工業社會掛鉤，並指出一九八〇年代台灣已邁入後工業社會——這種說法在當時不過是一個符號聲稱。對台灣的文學社群來說，後現代的聲稱並沒有帶來生機，反而只是社群之間意識形態和文化霸權的分裂（2001: 202-203）。於是向陽謂：

在台灣尚未真正邁入後工業時代的八〇年代，文學社群中的「後現代」呼聲，無疑是一種符號的遊戲。它沒有實際的社會政治、經濟、文化條件來做為基礎；尤其缺乏對電子科技發展下大眾社會所生產的大眾文化的反擊，也不見一如紐曼（C. Newman）所說的「以語言的解構做為對資本主義權力結構的顛覆論述」。相對的是，在羅青的論述中，後現代狀況反倒變成是「反映了經濟發展成功、物質欲望翻醒後，所帶來的無比自信以及精神創造的需求」。（203）

事實上，向陽並不反對羅青「後現代主義是後工業或資訊社會的反映」之說，他所斤斤計較的只是台灣何時始進入資訊社會。羅青「八〇年代」之說對他而言委實過早，他的說法是：「進入九〇年代中期之後，隨著台灣資訊工業的大幅成長，個人電腦擁有與使用率的攀高，網際網路這才開始亦步亦趨，與後工業國家同進展。」（203）「到了一九九八年，台灣的網路使用者已經突破二百萬大關，這個數據說明了網際網路的虛擬對於台灣社會眞實可能的影響……至此『後現代狀況』才算誕生。」（204）換言之，與羅青「八〇年代」之說不同之處在，向陽認爲一九九〇年代中晚期以後台灣始進入後工業社會，而詩壇的後現代詩也因此才有其俯仰生息的環境，而不只是「空中樓閣」般的宣稱。至於何爲向陽據以判斷進入後工業時代的依據？一言以蔽之，乃網際網路的普及率（或個人電腦的擁有與使用率）[11]。

然而，古添洪的說法較向陽更爲極端。古添洪亦認爲後現代從經濟層面來看，可界定爲後資本主義或後工業社會，並援引詹明信之說，把後現代定性爲後資本主義的表徵；顯而易見，他這一見解也是典型的社會/經濟反映論。不同的是，古添洪認爲「台灣的『後現代』可說是一個發育不全的『歧異』」，因爲在他看來，台灣迄至目前爲止，並沒有完全進入後資本主義的經濟架構（向陽至少還認爲一九九〇年代是一個里程碑），譬如「我們的周遭也沒有展示著後現代建築的大型購物中心與商場」。由於有這種落差，要將後現代思潮移植到台灣社會來，難免會產生很多窒礙難通與流弊（2000: 8）。

上述羅、陳、向、古諸人後現代（詩）的反映論，追本溯源，係來自左派（Marxists、leftists）的主張。左派和後現代主義的關係頗爲複雜，惟就卡里尼克斯（A. Callinicos）

（1990）、弗蘭克爾（B. Frankel）（1987）、哈維（D. Harvey）（1990）、拉許（S. Lash）與尤瑞（J. Urry）（1987），甚至是詹明信（1984）諸人而言，如同賀林格（Robert Hollinger）在《後現代主義與社會科學》（*Postmodernism and Social Sciences: A Thematic Approach*）一書中所說，他們或多或少都認為後現代主義支持、促進、加劇了結合晚期資本主義的這股後工業社會的潮流。如果按照馬派的解讀方式來看，後現代主義就變成後工業社會的一種意識形態（儘管後現代主義遠離馬克思主義那種整體性與革命的大型理論）（1994: 131-132）。簡言之，文學（後現代主義作品，包括後現代詩）乃是社會結構中的上層建築，而經濟與社會（晚期資本主義、後工業或資訊社會）乃底層結構，亦即下層建築，下層建築決定上層建築，使得後現代主義（詩）不過是後工業社會的反映，申言之，更是其意識形態的反映。

按照賀林格的分析，馬派關於後現代與後工業兩者關係的看法——即便不持機械論式的反映說，亦不能予以斬斷。他認為在馬派看來，二者的關係至少有如下七點：

(1)後現代主義拒絕提供後設敘事（metanarratives）或普全性標準（universal standards），因而它接受了後工業社會的分裂性。

(2)爲了多國企業，在基於後福特主義者（post-Fordist）「彈性」的利益考量下，後工業社會顚覆了傳統的文化／地理疆界。後現代主義則讚揚分裂與地方化。

(3)如同工業資本主義有現代主義爲其文化面向，多國資本主義（multinational capitalism）亦有後現代主義做爲它的文化面向。

(4)資訊、商品化、商品文化以及消費主義係後工業社會的主要特徵。後現代主義（如布希亞、詹明信）則不僅承認它們，而且還認爲此乃既定（take it as a given）之物事，無法被推翻，而只能持續地被逾越。

(5)依貝爾（D. Bell）之意（1973），後工業社會築起一座新烏托邦（同時是工學的與幻覺的），人於其中可被改造或解放。人類歷史的發展，原先是將現實視同自然，但是詩及想像（poetry and imagination）使人尋求將他自己與自然世界關聯起來，於是現實變成是技術了，此時現實等同於社會世界（the social world），自然及事物也跟著消失（筆者按：關於這點，賀林格的引述並未說明清楚後工業與後現代的關係）。這似乎也是後現代的主張（如布希亞）。

(6)拉許與尤瑞認爲（1987），持續增加的文化分裂與多元主義，係導源於一九六〇年代以來休閒的商品化以及新政治／文化形式的發展、現存社會的解符碼化（decodification）、時空距離化的壓縮。這些特質構成了後工業的特徵，亦同時爲後現代主義者所接受，甚至爲其辯護。

(7)拉、尤二氏進一步指出（1987）——後現代主義文化／意識形態形構（a cultural-ideological configuration）的表面及其大衆的分配，而這對高級文化、流行文化，以及日常生活的象徵與話語（discourse）都有所影響（133-134）。

儘管如此，馬派份子多半對後工業及後現代不懷好感。後工業社會是個壞名詞，而後現代主義雖可以做爲解放及異議的來源，以及予新秩序一合法化之基礎，惟由於其太誇耀商品化的粗俗，以及對威權式民粹主義的促進，卻強化了支配關係，進而削弱了馬派的階級理念，因而也受到他們的批判（Hollinger, 1994: 134-135）。就此看來，羅、陳、向諸人的社會／經濟反映論，並無馬派批判的火藥味，顯然亦肯定了後現代詩在台灣的發展。

第四節　創作美學論

社會/經濟反映論終究只是後現代詩創作的「外在說」，就詩文本而言，後現代主義的美學觀何在？此乃台灣後現代詩人於其創作時所不能迴避的問題，相對地，有關後現代詩創作的美學主張也就因應而生；惟各家說法有異，也未必盡爲詩壇所能接受。其中代表性的說法有三，即廖咸浩的「文字物質性彰顯說」、杜十三的「再創作說」，以及簡政珍的「不相稱的詩學說」。

一、文字物質性彰顯說

廖咸浩在一九九四年的〈從諸神的秘會到精靈的邀宴：當代詩的兩種趨勢〉一文中，即曾介紹當代美國後現代詩的兩個主要詩派：口語詩派（oral poetry）與語言詩派（language poetry），前者的要務在瓦解詩之爲「神妙之物」（precious object）的看法，把詩從僵固的印刷中解放出來，讓詩再次走入社區、走入社會，恢復其政治意涵，成爲衆人共有之經驗（正因如此，口語派詩人特重部落或族裔文化中的儀式成份）——這是後現代詩的一種口語政治（oral politics）。在台灣詩壇，則以白靈、趙天福及鴻鴻爲主的兩個社團的戲劇性演出爲此派之代表（16; 18-19）。後者則強調書寫本身對閱讀的影響，反對將詩當成是詩人獨特心聲之表達的主流詩觀，語言（文字）本身並非自然而透明，不應無視於隱藏於其中的布爾喬亞與資本主義的意識形態，爲此，應該凸顯文本的物質性（materiality），以達到政治解放的目的——這是後現代詩的一種文本政治（textual politics）。在台灣詩壇，夏宇及林燿德等人的詩作，乃屬於語言詩派所代表的這一趨勢（15; 17; 19）。

然而，廖咸浩似乎對後現代詩的文本政治取向情有獨鍾，在後來的論述中屢屢以語言詩派所強調的文字之物質性做爲其解讀後現代詩作的美學基礎，古添洪雖亦提及美國語言詩派大師伯恩斯坦的實驗式語言詩作有可資借鏡之處（2001: 7），惜著墨不多，未能深論。廖咸浩後來更以陳黎的《島嶼邊緣》詩集做爲其檢證語言詩特彰文字物質性的典型例子（1995: 6-16）。

後現代詩之創作如何彰顯其文字之物質性？在此，物質性指的是文字（語言）構成之材質（就漢字而言，即其形、音、義，尤其是字形與字音）；而廖咸浩認為，要突出語言本身的物質性，首在恢復意符或符徵的權利（rights of the signifier），亦即把一般所謂「自然」的語言給「非自然化」（de-naturalize），其實際的作法就是製造語言的斷裂、扭曲、跨越、重生等各種狀況，以彰顯「意義」受自於意符的中介（mediation），以及意義生產過程的人為性（1994: 17）。

即以夏宇和陳黎為例，前者「從《備忘錄》到《腹語術》到《摩擦：無以名狀》的旅程，就是夏宇不斷褪除她認為不必要的衣裝的過程；語言從參與指涉的半透明工具，到放散指涉的絢爛多面體，到抗拒指涉的不透明體……回到幾乎是語言純物質的部分。」（1998: 37）；至於後者，在《島嶼邊緣》中（尤指輯二「憑空」部分），陳黎在「文字『物質性』的運用幾可謂到達了一種空前的解放狀態，對詩藝的自覺，自然更毫無忌諱」（1995: 10）。廖咸浩發現，「在陳黎的文字遊嬉中，詩的『發現』來自文字物質性（字音、字義、字形等）的重組、來自對陳腐的『諧擬』（parody）」。彰顯文字物質性之創作美學的詩例，廖咸浩列舉到的有夏宇的〈隨想曲〉、〈簡單的意外〉、〈一切安靜〉，以及陳黎的〈不捲舌運動〉、〈新康德學派的誕生〉、〈取材自《詠嘆調》的四格漫畫〉、〈南華書〉、〈絕情書〉、〈夢蝶〉等。

二、再創作說

杜十三本人是廖咸浩所說的台灣口語詩的實踐者之一，而這部分係緣自其對多媒體詩（創作及展演）的提倡（雖然他大部分純文字印刷的詩作都屬現代派的調子）。他認為現代詩係出現於「後期印刷傳播階段」，展現的是純文字的形貌；而新起的他所謂的「後現代詩」或「新現代詩」，則將現代詩導向「一個綜合歷來各傳播階段所具有的各種詩形態的集合」（1997: 89）。

那麼，什麼是杜十三所謂的「後現代詩」呢？他認為後現代詩其實包括底下五種形態的詩：(1)多元文本化的詩（如「貧窮詩劇場」，即同一首詩可以用吟唱、默劇、書法、相聲、舞蹈等多元文本化的形式發表）；(2)多元媒體化的詩（如「詩與新環境」的展演活動，即同一首詩同時以文字、聲、光和其他適合的多媒體進行「再創作」）；(3)生活空間化的詩（如紐約地鐵詩、台北公車詩，即讓詩和現代生活空間相結合）；(4)遊戲化和終端機化的詩（如以 JAVA 程式語言寫成的「電子動態視覺詩」，即藉由電腦網路傳訊工具，讓詩以電子詩形態出現的詩）；(5)製作精製、藝術化的個人詩（如《晨曦詩刊》的出版，即詩人利用電腦編輯、製作個人詩集，列印後再限量發行的詩作）（89-90）。

綜合上述五種形態的後現代詩，可以發現「再創作」（recreation）在其中所扮演的重要角色。杜十三認爲，遠古時代的詩歌（自《詩經》以降）在它長時間的發展中，多少都歷經了「再創作」的階段（《詩經》以歌謠形態在民間口誦流傳，就是一種再創作）；直到進入現代詩階段，始發展成「純粹的文學詩」，詩人「企圖以純然的文字意義去構築空前的詩藝殿堂」，變成極端的個人化，以致縮小了再創作情況中那種情感共鳴、心跳共振的抒發空間與樂趣。在他看來，後現代詩就是要恢復再創作的可能，不同的是，「在『後現代詩』階段的『再創作』不再只是單一形式或單一文本的『再創作』，而是一種綜合各類時空特質的、全方位的『再創作』」（90）。他以底下二種函數符號來表述經過再創作後的後現代詩：

(1) $g'(f(x)) \rightarrow y$

$f(x)=$ 原創現代詩；$g'(f(x))=$ 多文本化、多媒體化、空間化、遊戲化、網路化等再創作；$y=$ 再創作後的後現代詩。

(2) $Y=\{f(x),y\}$ [12]

Y＝後現代詩（群體）；$f(x)$與y代表之意如上。

函數(2)即表示：後現代詩是純文字（即原創）現代詩與再創作過後的後現代詩的「集合」。然而，後現代詩如何經由再創作而得呢？杜十三認爲主要有底下五個途徑——亦以函數符號表述：

(1) $G'(f(w)) \to W$

W＝文字符號；$f(w)$＝純文學詩的原作；$G'(f(w))$＝純文學詩的再創作；W＝再創作後的詩作。具體的例子有曾淑美的〈1978年：13歲的挪威木與16歲的我〉。

(2) $S'(f(w)) \to M$

$f(w)$＝原創的純文學現代詩；$S'(f(w))$＝兼顧現代詩作的讀音、節奏與意義進行「聽覺化的再創作」；M＝歌或有聲詩。具體的例子有楊弦、余光中倡行的「民歌運動」。

(3) $C'(f(w)) \to P$

$f(w)$＝原創的現代詩；$C'(f(w))$＝兼顧詩作文字造型、排列造型和意義內容的「視覺化再創作」；P＝經過「視覺化再創作」之後的視覺詩。具體的例子有一九八四年的「中義視覺詩聯展」。

(4) I'(f(w)) → F

f(w)= 原創現代詩；I'(f(w))= 影像再創作；F= 再創作後的影像詩。具體的例子有電影詩及錄影詩等。

(5) W'(f(w)) → N

f(w)= 原創現代詩；W'(f(w))= 電腦網路語言再創作；N= 網路詩（web published poetry）。具體的例子有妙謬廟網站上以 HTML、Gift Builder、Director 程式寫出的精彩詩頁（91-97）。

經由上述這五種再創作途徑的詩作，杜十三認爲是後現代詩的美學觀念最佳的展示，而其要義說穿了也只是——故意降低（現代詩）意指或符旨的指涉功能（如象徵、意象、意境的營造）而加強意符或符徵的歧義性、視覺性和音樂性（著重文字的造型、讀音、排列）。林燿德、夏宇、黃荷生諸人的部分詩作，即具有這種再創作的美學效果（91）。

三、不相稱的詩學說

不相稱或曰不一致（incongruity），此一概念起源於亞里斯多德《詩學》（*Poetics*）中對於戲劇表演要求其動作的統一性（unity of action），即在一齣戲的進行中，事件（或人物的動作）本身必須嚴守在一個主線上而沒有分支；如果違反此一原則就會形成所謂的「不一致」或「不相稱」。向來對後現代主義不懷好感的簡政珍，即援此概念來爲後現代詩學定調。惟其「不相稱詩學」說法，與主流後現代理論不同，另闢蹊徑，在當代台灣詩壇中形成了他個人色彩鮮明的一套詩美學主張。

在〈八〇年代詩美學——詩和現實的辯證〉一文中他提到，一般認爲後現代詩「乍看起來似乎是可以隨意爲之的文字遊戲」，譬如美國當代詩人艾許伯瑞（John Ashbery）被視爲後現代詩經典的代表作〈凸鏡裡的自畫像〉（"Self-Portrait in a Convex Mirror"），後現代主義批評家都認爲，此詩「充滿想像的翻飛，不是常理邏輯的思考方式所能了解掌握」，「詩中以凸鏡所呈顯的畫像已經扭曲，進而質疑藝術『反映』的功能和意義形成的可行性」。於是，此詩就被「有些批評家傾向將其簡化爲『典型的後現代零散書寫，沒有意義』。」（1995: 89）

然而，簡政珍並不以爲然，他認爲上述之說似是而非。他提出質疑的理由有二點：

(1)首先，當詩內文在質疑意義時，以讀者的眼光來說，這已是顯現一種意義。事實上艾氏所展現的是，對「反映」所造成的固定意義的質疑，將意義開放、釋出，而展延成各種意義的可能性。

(2)其次，細讀艾氏的詩行，意象的銜接並非隨意爲之，而是在「不相稱」的撞擊中顯現的和諧。所謂「不相稱」並非新批評所說的「弔詭」或「反諷」所產生的對比張力，而是意象似乎彼此無關，但細品之又隱約相互烘托成一種情境（89）。

簡政珍雖謂艾氏此詩展現的是「在『不相稱』的撞擊中顯現的和諧」，遺憾的是，在接下來的討論中，他並沒有以艾詩爲例細品解讀，反而以洛夫〈煮酒四論〉及朵思〈診療室〉兩首非後現代詩做爲「不相稱詩學」的例子加以討論，似有引喻失義及避重就輕之嫌。在此，廖咸浩對艾氏該詩徹底後現代式的「致命讀法」（fatal reading）（見氏著〈水晶的誘惑：從「視覺」地位的流變看艾許貝里的〈凸鏡中的自畫像〉一文）（1997: 262-279），倒是可供簡政珍再細思的參考。

基於現代主義的立場，簡政珍並不認爲一九八〇年代以來的台灣後現代詩皆是不尋求意義的遊戲之作。其實，重要的後現代詩人「在表象各個零散的意象裡仍有一種內在隱約的環鍊將其串接，並非雜亂無章。意象彼此相偕鄰似乎不相稱，但在不相稱的表象下卻有另一層次的和諧。」簡政珍將此看法定名爲「不相稱的詩美學」（89），並進一步闡釋道：

> 「不相稱」的詩學有點類似雅克慎語訓兩軸中，毗鄰軸或混合軸的聯想跨越。在雅克慎的思維裡，毗鄰歸屬橫軸，聯想則屬縱軸，而「不相稱」的意象似乎是純由橫軸毗鄰（表面不相干）的意象引發縱軸的聯想。但正如上述，表象的不相稱實際含蘊另一層次的和諧，這是八〇年代所謂後現代詩的重要特色，詩行在似乎不相干的意象並置中隱含意義，而非隨意為之的文字遊戲。（90）

在簡政珍看來，不相稱的詩學不是文字的無政府狀態。只停留在原始素材，而將責任全部交由讀者完成的所謂「詩」，無甚「意義」，而後現代詩論家擅喜援引的夏宇的〈連連看〉一詩，即此詩例[13]。「總之，『不相稱』的美學是增加詮釋的可能性，使理體中心論所固定的意義延展成多層面的意義。以此看來，後現代反而是增加詩文本的意義，而不是沒有意義」

（91）。

綜上看來，簡政珍的「不相稱詩學」乃奠基在詩文本意義的探求（儘管意義並非單義，而是歧義、多義，因意義不會消失）。正因爲如此，所以其解讀詩作之策略，尤其在面對所謂的「後現代詩」時，乃以追縱貫穿意義之線索爲能事，換言之，詩文本中（不論現代或後現代）之不相稱處皆爲詩人掩飾（意義）之障眼法，並非不可破解，此一解詩態度實則和另一位北美詩評家奚密的閱讀策略如出一轍。奚密即認爲，一些被評論家視爲後現代詩的詩作，其實並非無義（夏宇〈連連看〉一詩即屬如此，觀點和簡政珍有異）。奚密指出，台灣後現代詩論家援引德希達的解構理論做爲詩作之美學基礎，但是「德希達從未否認『意義』的存在和必要。他強調的是意義的產生永遠是一複雜多面、不可界限的意符運作於上下文的結果。」（1998: 221）因而，和簡政珍一樣，她亦從探尋意義的立腳點出發，一一爲所謂的「後現代詩」強索意義，附和了簡政珍「不相稱詩學」的主張。

第五節　結語

如上所述，台灣詩壇關於後現代論述的是是非非，很難在此一筆概括，不論各家觀點與主張如何，都是各有所本，也都有其對後現代的好惡立場。當然，立論的不同，或多或少也引來互相的批判，雖未致劍拔弩張的境地，但批判之不假辭色，亦躍然紙上。只是此次有關後現代的爭論，不像當初現代主義及鄉土寫實的論戰那樣，涉入之詩人極多（亦是論戰的主體），一九九〇年代以來的後現代論述，泰半出自學者或詩論家之手，一般詩人頂多牢騷幾句，難有自成體系之見解，原因或與林燿德指出羅門之所以對後現代造成誤解的理由相似：一是後現代是一群深奧難懂的聲音，不是一套體系完整的文學哲學；二是後現代初入台灣，資訊匱乏，蹩腳的中譯及一知半解的介紹，給的反而是錯誤的訊息；三是後現代言談並不局限於文藝領域，它涵蓋政治、社會及文化各層面，其視野寬泛駁雜，放在純粹的文藝領域上並不易準確評估；四是後現代及解構主義其實是一連串複雜而精密的推理遊戲，而這種遊戲並非羅門（同時也是當代其他同輩詩人）所長（1995: 105-106）。

台灣後現代論述之所以形成各說各話的局面，確如林燿德上所指陳的，實在是因爲後現代是一群深奧難懂的聲音，即便是其始源地的西方，也還是衆說紛紜，胡森（Andreas Huyssen）便言：「後現代主義的特質不大明確，政治上多元善變，其現象難以掌握，要定義則相當困難。甚且，某一位批評家眼中的後現代有時是另一位所謂的現代」（1986: 58-59）。既然如此，則台灣詩壇的援引及挪用西方後現代主義：第一，很難釐清誰是誰非，蓋後現代主義從來就沒有一個所謂「正宗」的版本，各吹各的調（儘管其中也形成有所謂的主流論述）；第二，即便是挪用也只能是片面的挪用。如此一來遂導致廖炳惠如上所指出的一個事實：「後現代主義能在台灣現代、當代詩篇中廣被挪用，並不代表這些詩人或評論家指涉及歐美的後現代主義及其情境，而在知識層面上提出彼此對應的條件。」（1995: 74）

廖炳惠在此引述了後殖民理論家霍米．巴呇（Homi K. Bhabha）的「翻易」（mimicry）與「複述變化」（repetition with difference）的說法，意有所指地暗示，後現代主義與台灣詩壇彼此的交叉會合，由於「兩種異文化之間的對應，有時空無的論述空間及無法被統合的文字或噪音」，「反而產生了詭異而又難分難解的接觸與交錯」，那麼台灣後現代主義的論述及詩作也就難免有其交混的色彩，所以他認為：「如果我們順著巴峇的方向，來談台灣當代詩人或文藝界如何挪用後現代潮流，則文化差異與異文化之間的交錯可以是討論此一課題的重點，而不必在乎台灣詩人或評論家瞭解後現代主義的程度，乃至他們對後現代主義做了何種犀利的批判。」（73）台灣後現代詩作及其論述，究竟呈現出何種交混的色彩，那是另一個課題；重要的是，在詩史的演變中，它象徵了一個階段的界碑，更導引了詩創作的一個新的方向。

註釋

〔1〕夏宇的〈連連看〉、〈說話課〉寫於一九七九年，〈歹徒丙〉及〈社會版〉寫於一九八二年（皆收錄在她的第一本詩集《備忘錄》裡），咸認係台灣詩壇最早出現的後現代詩。

〔2〕〈七〇年代新詩與後現代主義的關係〉一文係羅青該年在高雄中山大學演講的講稿（演講紀錄），並於一九八六年五月十九日刊登於《民衆日報副刊》，後易名爲〈詩與後設方法：「後現代主義」淺談〉，連同〈七〉文及〈詩與資訊時代：後現代式的演出〉、〈後現代與未來：後工業社會的文藝〉三篇，收錄於一九八八年出版的《詩人之燈》一書中。

〔3〕四人的著作分別是：蔡源煌的《從浪漫主義到後現代主義》（雅典）、羅青的《什麼是後現代主義》（五四）、鍾明德的《在後現代主義的雜音中》（書林）、孟樊的《後現代併發症》（桂冠）。

〔4〕爾雅版的年度詩選均以民國紀元，本書則以西元紀元。

〔5〕李歐塔在《後現代狀況：關於知識的報告》（*The Postmodern Condition: A Report on Knowledge*）書中的導言即言：「簡而言之，我將後現代界定爲對後設敘事（metanarratives）的質疑，而這種質疑毫無疑問乃是科學進展的產物——這種進展即預先假定了它（指對後設敘事的質疑）的存在。顯然，形上學的危機以及形上學所依附的大學體制的危機，即相當於過時的合法性後設敘事機制（the metanarrative apparatus of legitimation）。」（XXIV）李歐塔所說的後設敘事，亦稱爲大敘事或大師敘事（master narrative）。

〔6〕至於筆者對當代西方後現代理論的引介，在此似不宜「自評」，留待方家的指正。以下本章的論述，亦儘量不援引筆者的論述意見，以招客觀。

〔7〕羅青〈吃西瓜的六種方法〉組詩，計有五首，但最後一首只有題目而無內文。是作收錄在《吃西瓜的方法》詩集中（1972: 161-166）。

〔8〕台灣後現代詩的特徵當然不只這七項，依孟樊該文之說：「台灣後現代詩大致有如下的特色：寓言、移心、解構、延異、開放形式、複數文本、衆聲喧嘩、崇高滑落、精神分裂、雌雄同體、同性戀、高貴感情喪失、魔幻寫實、文類融合、後設語言、博議、拚貼與混合、意符遊戲、意指失蹤、中心消失、圖像詩、打油詩、非利士汀氣質、即興演出、諧擬、徵引、形式與內容分離、黑色幽默、冰冷之感、消遣與無聊、會話……」（1995: 279-280）

〔9〕博議，bricolage 法文字的含義，本身是個貶語，是指多出來的工作再加修補的意思，在此是指在一件藝術的創作品當中，將從其他地方所引用進來的片斷似的東西予以組合之意（孟樊，1995: 267）。

〔10〕陳光興在〈炒作後現代？評孟樊、羅青、鍾明德的後現代觀〉一文中，在評論羅青的《什麼是後現代主義》中，曾對該書〈台灣地區後現代狀況〉一章做過如下批評：「羅青再度炒作對號入座的技倆，這次以簡化的科技決定論爲主導，發明出新的五種指標，然後再次引現象就位。『台灣版』粗劣的炒作方式至此已狂飆到極點。」（1999）

〔11〕雖然羅青在〈詩與後工業社會：「後現代狀況」出現了〉中提及：「台灣由一九四六年到一九八六年四十

年間，經驗了由『農業社會』過渡到『工業社會』再過渡到『後工業社會』三個不同的階段，這三個階段相互混雜，令人有難分難解之感……」，但是他也認爲：「以台灣目前的發展而言，遲早要在九十年代，完全進入資訊化後工業社會。」（1988: 243-244）此一時間的推斷，儘管用語的語氣不同（羅青使用了「完全」兩字），惟基本上和向陽的說法並無太大的衝突。儘管如此，羅青還是喜歡以一九八〇年代來標誌台灣後工業社會的出現。

〔12〕杜十三原來的表示法爲：「後現代詩」（他喜歡用引號來冠稱後現代詩）＝{f(x),y}。這樣的表示法就非純函數表述。茲將「後現代詩」一詞代以大寫Y，以符合函數表示法的通例。

〔13〕簡政珍不無嘲諷地指出：「如果這也是詩，台灣將有兩千萬個詩人？」；〈連連看〉是夏宇詩作中「最不值得討論的作品」。話雖如此，簡政珍亦不無爲她打抱不平的意思：「夏宇更多的作品是趨近『不相稱』而和諧的新鮮想像，若舉〈連連看〉而將夏宇貼上後現代詩人的標籤對她個人極不公平。」（1995: 90）

第三章

台灣後現代語言詩

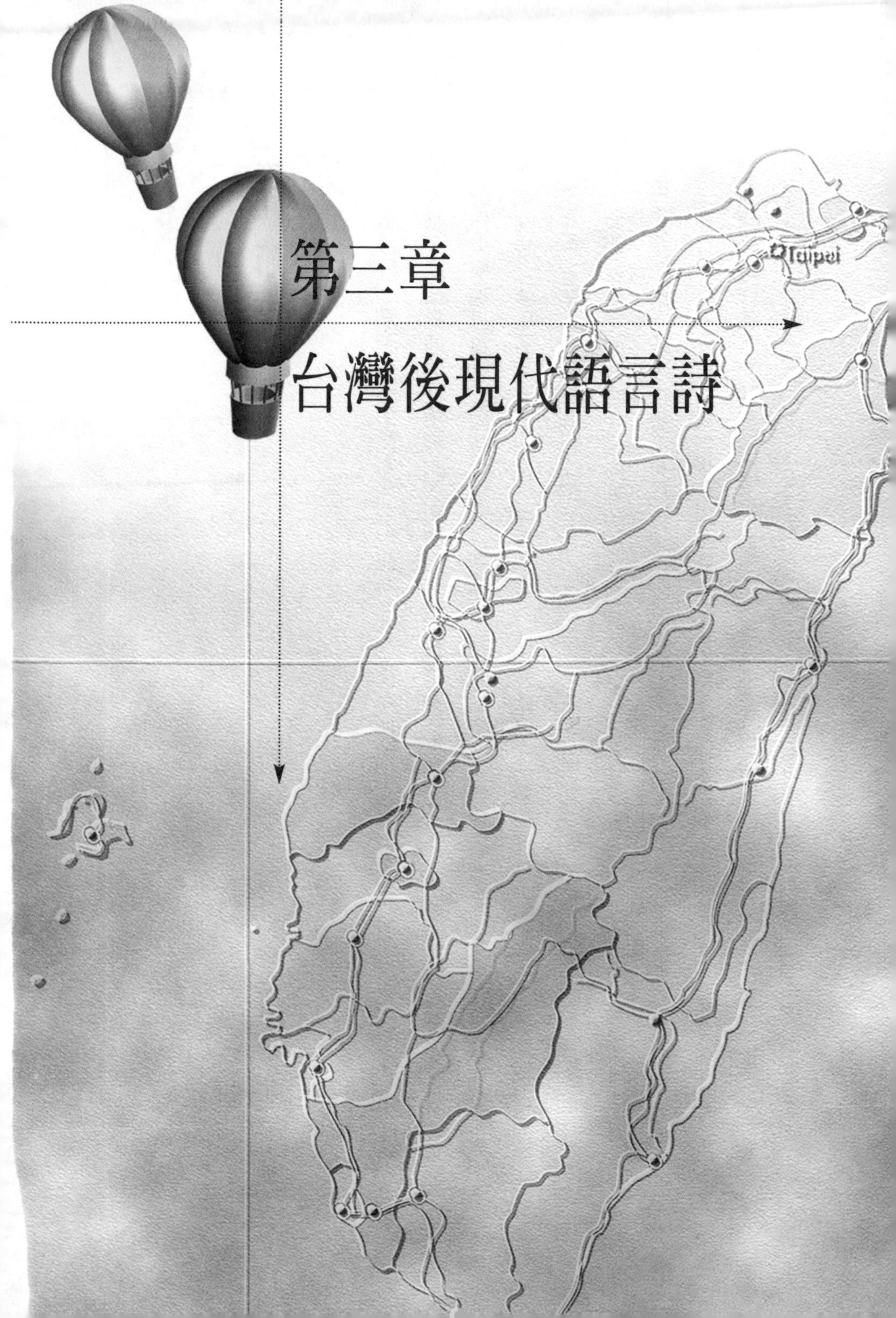

第一節　前言

語言詩（language poetry）大約在一九七〇年代初期初興於美國詩壇。出於對當時主流詩的挑戰，此一具前衛性色彩的新興詩派，依紀姆（Eleana Kim）之說，主要係針對已成建制化的詩作美學加以質疑，同時也是對之前他所謂的「老前衛」（old-garde，或稱爲「舊衛」）的新美國詩（the New American Poetry）一代的反叛。「新美國詩人」此一稱號係來自艾倫（Donald Allen）主編的詩選集《新美國詩》，在一九五〇年代，這些新詩人乃是前衛的代名詞，他們反對官僚性的、制度性的立場與實踐（anti-bureaucratic, anti-institutional positions and practices），代表性詩人包括舊金山文藝復興派（the San Francisco Renaissance）、紐約詩派（the New York School）以及黑山詩派（the Black Mountain School）（Kim, 1994: n.pag.），其中諸如紐約詩派的艾許伯瑞（John Ashbery）與黑山詩派的奧爾森（Charles Olson），均被視爲語言詩派的先驅。新美國詩人一向被認爲是美國後現代詩的中堅（陳長房，1998：41-

55），語言詩人則走得比這些人更遠、更前衛，是後現代中的後現代，一言以蔽之，他們是「美國的超前衛主義」（American transavantgardism）（Kim, 1994: n. pag.）。

後現代語言詩雖屬超前衛，惟基本上它是結合了一九五〇年代的新美國詩及一九六〇年代晚期與一九七〇年代的後結構主義作品（McGann, 1997: n.pag.），所以和之前的新美國詩亦有相似之處，麥克根（Jerome McGann）即認爲，語言詩與傳統決裂的實驗精神，以及它和學院（指學術圈）之間的衝突，在在都有之前新詩人的影子（*ibid.*）。語言詩人雖然和新詩人同樣從事大膽的實驗性創作，不過不同的是，後者較具社會性的不滿（socially disaffected）而較少政治性的反對（politically opposed），前者則非常強調其「反對性的政治」（oppositional politics）。艾許伯瑞的詩作便是一個顯例。他的解構式詩型（the deconstructive mode），被視爲是頗符合耶魯學派（the Yale School）的一種顛覆性運動，但耶魯學派向來不願去從事反對性的政治；同樣的，艾氏的詩作亦有類似非政治（nonpolitics）的傾向，他對於政治立場的迴避，界定了他個人的後現代風格。然而對語言詩人來說，他們面對政治的態度是「反對」而不是「適應」（"opposition" rather than "accommodation"）（*ibid.*），而這是艾許伯瑞和語言詩人差異之處（艾氏本人也不認爲自己隸屬於語言詩派）。

美國的語言詩派多集結於*L=A=N=G=U=A=G=E*、*This*、*Tottel's*、*Roof Hills*、*Miam*、*Qu*、*The Difficulties*、*A Hundred Posters*等詩刊，代表性詩人有伯恩斯坦（Charles Bernstein）、奚理曼（Ron Silliman）、波爾曼（Bob Perelman）、哈利曼（Carla Harryman）、阿曼卓（Rae Armantrout）、赫金尼（Lyn Hejinian）、豪蘇珊（Susan Howe）及瓦頓（Barrett Watten）等人，先後也出版了不少詩選，如《美國之樹》（*In the American Tree*, 1986）、《語言之書》（*The L=A=N=G=U=A=G=E Book*, 1984）等書。這一詩派的組成份子其實是相當駁雜的，有關它的界定也常因人而異，哈特萊（George Hartley）即指出，語言詩派並非指謂某一特定的文體或實踐，將這些詩人結合爲一個群體（community）的毋寧是他們對於語言做爲詩活動的核心的共同關切（1989: n.pag.）。

從比較研究的角度來看，上所言之美國語言詩派可說是崛起於一九八〇年代上半葉台灣後現代語言詩的前驅，對後者而言，前者之寫作策略及創作模式，可資借鏡之處無庸贅言。如同美國語言詩之具有超前衛的後現代特質，台灣的語言詩亦可說是——後現代詩中的後現代，換言之，它是最狹義的後現代詩，最能凸顯後現代詩中那種顛覆、瓦解及革命的味道。在美國，語言詩常被批評爲隨興（random）、無意義（nonsensical）及深奧難懂（abstruse）

（Featherston, 1996: n.pag.）──這情形在台灣也不例外，例如夏宇的〈連連看〉、林燿德的〈五〇年代〉等詩，即曾遭到類似的評語。

台灣的語言詩人為數不多，其中夏宇可說是最具典型的代表性詩人，其他從事語言詩創作的包括陳黎、林燿德、田運良、林群盛、江文瑜等詩人，都是中青輩一代，他／她們也不自成一派，亦不以某一或某些詩刊為集結的灘頭堡，所以台灣的語言詩人並無「重鎮」可言，他／她們各自以自己實驗性的寫作方式向主流詩潮挑戰，對抗素有文化霸權地位的現代主義與寫實主義，提出關於詩創作的新觀點，以一種迥然不同於以往的表現形式，重鑄詩語，就如馮青在解讀林燿德詩作時對他所下的評語一樣：一方面修正現代主義，另一方面也修正寫實主義。語言詩人就像林燿德一樣：「剔除了各種現代詩流派的壞脾氣──偏見、失調以及群魔亂舞的場面，而提煉出制約警醒的新語言。」（林燿德，1988b: 281）

由於語言詩（包括詩作、概念及理論主張）率先出現於美國詩壇，二十年來的發展，不僅已獲相當的定評，更且累積了不少代表性的作品，成績不惡，因此在底下展開的關於台灣後現代語言詩的論述，將以之做為討論的依據，從比較的角度來看台灣語言詩的表現及其問題。在進一步檢視台灣語言詩之前，先對（美國）語言詩一般的特徵加以探討，做為本章論述的起點。

第二節　語言詩的特徵

如上所述，語言詩既初起於美國，不論其後來的發展是否跨過太平洋影響到寶島詩壇，要檢討台灣的語言詩，勢必先要瞭解美國語言詩的一般特徵，也才能進而予以兩相對照比較，所以本節所敘的「語言詩的特徵」指的是美國的語言詩的特徵。

如前所述，語言詩本身是相當具政治性的，瓦頓即主張，詩應該以政治的方式進入世界，而就語言詩來講，這「政治」兩字意味的是反對而不是適應。所以瓦頓認爲一九七〇年代之前的那些所謂「適應詩」（the poetries of accommodation）代表的是詩從藝術的批判責任的撤退（轉引自 MaGann, 1997: n.pag.）。從這個角度來看，語言詩著重的是「如何以一種政治的方式」進入這個外在的現實世界，簡言之，即其採取了何種干擾（intervention）方式以臻其反對政治之目的。語言詩人的這種政治傾向性，在哈特萊看來，頗具馬克思主義色彩

（包括奚理曼、波爾曼、伯恩斯坦、瓦頓……）（1989: n.pag.）：麥克根甚至說，語言詩人是羅逖（Richard Rorty）的「後現代布爾喬亞知識份子」左派（the left of Rorty's "postmodern bourgeois intellectuals"）（1997: n.pag.）。

在語言詩人看來，在此之前的詩作及其寫作方式已普遍被帝國力量予以殖民化，不僅詩人書寫的文本已有相沿成習的規則可循，連閱讀也有規約或傳統（convention）。語言詩人認爲這種獨占的權力應加以打破，寫作的標的是要讓語言本身得到解放，從抽象與規約中返回到人類世界裡；於是他們撕裂書寫文本表面的規則，干擾傳統的閱讀過程，也就是「重新組合無意義的單元對抗標語作者的群體（a community of sloganeers）」。例如達拉芙（Tina Darragh）個人所使用的一種所謂的「程序性寫作」（procedual writing）形式，她創造一種特別配置的文本形式，即以一種特殊的但卻是獨斷的設計方式，依序從一部字典的單頁挑選出一串字辭資料，形成一個文本。麥克根認爲像她這樣的寫作方式，可在梅耶（Bernadette Mayer）的「迷你手冊」〈實驗〉（"Experiments"）對於實際寫作所歸納的規則中找到更爲明確的依據，而這底下的幾項規則已被視爲是語言詩作的主要特徵（*ibid.*）：

(1)系統性地搗亂語言，例如寫一部僅由前置詞片語（prepositional phrases）構成的作品，或是在一首既存的詩中的每一行補上一個動名詞。

(2)以做成表列的形式或者用隨意選取的方式得到一組字，然後再從這些字中去形成一首詩——在此無論使用什麼字都被允許。讓這些字要求它們自己的形式，以及／或者以某種特定的方式來使用某些字，例如同一個字出現在每一行，或出現在每一個段落的某一地方等等。總之，要設計字詞（design words）。

(3)寫那些無法被寫的東西，如將一份索引（index）讀成一首詩。

(4)嘗試以一種似乎是最不投緣的心理狀態來寫作。

(5)考慮把字彙及字母當作形式——即將一個文本予以具體性的扭曲，譬如使用很多的 O'S 或將瘦長性的字母予以多倍化（像 illftiii ……等）。

(6)嘗試自一篇書寫的文本中剔除所有的涵義；反之亦然。

如同伯恩斯坦所說，語言詩不只是一種寫作形式或文體，它也是一種研究取徑（approach），這研究取徑即是從語言本身及其形成意義的方式上著手，原來被視爲理所當然的語彙、文法、過程、構句及主題安排等，所有這些詩的動能（dynamics）其實都有問題（Wood, 2001: n.pag.）。蓋之前占居主流詩型位置的這種所謂的「聲音詩」（voice poem），仰仗的是一種傳播模式——這種傳播模式的觀點認爲，詩人（自我呈現的主體）藉由一種中性的、透明的及「自然的」語言，傳達一特定的訊息（經驗、情感）給讀者（另一自我呈現的主體）（Hartley, 1989: n.pag.）。在此，語言被視爲是一種透明的介質，它可以如實地反映出現實世界。然而，語言果眞透明乎？試看下面哈利曼〈給她〉（"For She"）這首語言詩[1]：

> The back of the head resting on the pillow was not wasted. We couldn't hear each other speak. The puddle in the bathroom, the sassy one. There were many years between us. I stared the stranger into facing up to Maxine, who had come out of the forest bad from wet nights. I came from an odd bed, a yermilion riot attracted to loud dogs. Nonetheless, I could pay my rent and provide for him. On this occasion she apologized.（轉引自 Hartley, 1989: n.pag.）

哈利曼這首詩是典型的反聲音詩，因爲他的語言是不透明的，也就是它對外界的指涉性

（reference）不夠明確，我們並不曉得這首詩主要在說什麼，看來它只是將各個分立的元素湊集在一塊兒，挑戰了敘事模式的「自然性」。伯恩斯坦便說：「沒有自然的寫作文體（natural writing style）」（1984: 43），畢竟無論一首詩看起來即使是多麼的「自然」，在詩人創作過程中或多或少都會有自覺——他/她正在寫作；既然詩人的形構過程並非理所當然（此更涉及其意識形態），語言詩人便有意將其形構的過程予以暴露，哈特萊稱這種寫作模式爲「綜合排列」（syntaxis）（1989: n.pag.）。綜合排列（或綜合構句法）的語言詩常常是反敘事的（antinarrative）與非敘事的（nonnarrative），換言之，它違反一般線性邏輯（linear logic）的敘事方式，出現的是並置式的句子，而且往往是以句子（式）而非詩行做爲詩組構的單位（*ibid.*）。讀者在閱讀這類詩時，就要在其開放的諸元素（語字、詞組、聲音、句式、音節……）中，積極地介入，去創造其間的關係，而這也是爲什麼語言詩人通常被認爲要提醒讀者其創作過程的理由所在。再看底下摘自史坦茵《溫柔的侍者》（*Tender Buttons*, 1994）中的〈玻璃瓶，那是看不見的玻璃〉（"A Carafe, That is a Blind Glass"）一詩——這詩的罅漏太多，非由讀者介入加以「填補」不可[2]：

A kind in glass and a cousin, a spectacle and nothing strange

a single hurt color and an arrangement in a system to pointing.
All this and not ordinary, not unordered in not resembling.
The difference is spreading.（轉自引 Hartlay, 1989: n.pag.）

如前所述，史坦茵這首詩，首先，要由讀者參與創作；其次，她以句子而非詩行做爲全詩組構的基礎——所以它違反了標準散文的三段論式次序（syllogistic order）的寫法，奚理曼於是認爲，面對此詩，讀者被迫要從其出現在每一個句子中片斷的觀點加以演繹（1987: 84）。史坦茵這首散文詩（prose poetry），奚理曼以他自創的一個術語「新句子」（New Sentence）稱之，這類新句子散文詩在一九七〇年代以後與語言詩緊密結合（陳長房，1998: 58-59），成了語言詩中的佼佼者，而奚氏認爲，史坦茵的上書已事先預告新句子的出現。他歸納出這類詩有底下八個特徵（1987: 91）：

(1)是段落（paragraph）而不是詩節（stanza）組構句子。
(2)段落乃是一個量的單位，而非邏輯或論證。
(3)句子長度（而非行長）才是衡量單位。

(4)句子結構的變更是由於轉矩（touque），或者是增加的歧義／含混。

(5)三段論式的推論（movement）是被限制的、控制的。

(6)主要的三段論式推論係介於前述句與後述句（the preceding and following sentences）之間。

(7)第二層的三段論式推論傾向將段落當作一個整體或全體的作品。

(8)三段論式推論的限制，讓讀者將注意力放在（或者極爲接近）語言的層面上、句子的層面（或在句子層面之下）上。

再回頭看史坦茵上詩。〈玻〉詩中句子和句子存在著鴻溝——此種差異亦是文意張力或轉矩之所在；而這種句子之間看得見的隙縫顯然取代了詩行的分斷，從而吸引吾人去注意語字做爲語字的物質性（the materiality of the words as words），而不僅僅將之視爲透明的意符或符徵（signifier）。事實上，史氏此詩，語言不能視爲物象自身，語言與其可能的替代物之間存有障礙。索緒爾（F. de Saussure）視構成語言符號之意符及其代表的意指（signified）之間的關係乃是武斷的、暴力的，儘管兩者（意符與意指的一對一之對應）的關係多來自約定俗成，但仍不改其武斷之本質；況且語字本身之意指，又係來自與其他語字之間的差異關係。從這一點看，史氏這種新句子毋寧是「索緒爾理論的還原」，即其意義乃出於上述句子之間的差異，而其語字與外在事物的固定指涉則已然脫鉤。這是巴特（Roland Barthes）所說的「寫作的零度」（the zero degree of writing），亦即一種「中性」的寫作模式（a "neutral" mode of writing）（1967: 5），其中詩人採取不介入的立場，而讀者的力量卻在此際湧入。

針對史坦茵上詩，在哈特萊的解讀下（他也發揮了閱讀語言詩的力量），總結出五個特徵，在此可做爲本節的小結（1989: n.pag.）：

(1)儘管其詩作似無意義，但它的確具有意義；事實上，它似在探索意義的眞正狀況。

(2)意義不是向前進的——就像存在於外界的事物那樣，而是一種介於主體與客體之間的互動。

(3)她的詩作係依索緒爾「意義做爲差異系統的一種功能」的觀點而操作。

(4)她的寫作不是要將世界涵蓋起來，反而是要在它的裡面移動；換言之，她並不按照靜態的名詞決定論（the static determinism）而是透過關係性的過程（the process of relationship）來運作。

(5)她將語言的物質層面（聲音、節奏、構句）予以前景化，這是一種知覺過程形式上的近似體（a formal analogy of the process of perceotion），而這種知覺過程是一種「從透明擴展到隱含的黑暗與無法透視的運動」。

第三節　文本政治與讀者參與

一、文本政治

波爾曼說，語言詩的寫作是「一種沒有特定宣言的運動」（1985: 16），如上所述，語言詩自其肇始，向來所堅持的反對政治之初衷從未改變，紀姆便指出，語言詩和二十世紀初的俄國未來派（Russian Futurism）一樣，都將其作品視爲是一種有意識的、積極的階級鬥爭的計畫（a program of conscious and active class-struggle）[3]。此一說法和奚理曼的主張如出一轍，奚氏亦坦言，語言詩就是要將其計畫置之於意識性階級鬥爭的社會脈絡裡（1987: 18）。但這反對政治的意涵除了具有馬克思主義的色彩外，更兼有女性主義的味道，諸多詩人中，不乏女性詩人（如豪蘇珊、阿曼卓、哈理曼等人），尤其是新句子散文詩的創作，她們質疑傳統由男性宰制的森嚴暴虐的層級（陳長房，1998: 59），對於女性認同/身分，更有自己的看法。話雖如此，由於語言詩作多半不具向外的指涉性（下詳），其所揭櫫的反對政治也因而大打折扣，所凸顯的反而是文本政治（textual politics）的力量。

文本政治指的是對前此居支配地位的主流詩學——也就是以現代主義爲代表的詩學——的反動；在台灣詩壇，這主流詩學還要加上寫實主義（或以笠詩社爲首的詩美學）。台灣的後現代語言詩與上述美國語言詩不同的是，其所踐履的主要是文本的政治——亦即對於之前的現代主義與寫實主義詩學的反叛，而較少凸顯其具現實意味的反對政治。主流詩學不管是現代主義或寫實主義，一貫的特色是或多或少皆有一個嚴肅的主題，但像夏宇這首〈嚇啦啦啦〉，則讓此一嚴肅之主題空缺，在詩中可以一直狀似輕鬆地哼著「嚇啦啦啦」，永不停歇[4]：

於是他們唱歌：嚇啦啦啦
於是他們唱歌：嚇啦啦啦

雖然他們保持矜持他們
唱歌：嚇啦啦啦

他們並不更淫猥，在怨懟之後，
親愛的，溫柔的，在反射著彼此的光
的眼中，面對面的，命定
而嚴謹的

於是他們唱歌：嚇啦啦啦
於是他們唱歌：嚇啦啦啦
他們也許將永遠
不可能遇見，如果根據數學：
日取距離之半，再取其半
再半、再半……永遠不可能

擁抱：不停地分割下去的空間

嚇啦啦啦

嚇啦啦啦

嚇啦啦啦（2001a: 23-24）

這首詩詩末雖引了一個典出《莊子．天下篇》的附註：「一尺之棰／日取其半／萬世不竭」，其動機也不在因此（附註）構成一個嚴肅的主題（第二段隱含透露的男女關係，也看不出有這樣的意涵），這是一首極不沉重的詩（light poetry）。類似的例子還有丘緩的〈一支叫做「啦」的歌〉（1990: 26-27），調性和〈嚇〉詩頗爲接近；此外，夏宇的另一首詩〈一個好的開始〉（2001b）亦値一提，詩中所說的「好的開始」指的其實只有一事，就是詩人「嚇啦啦」、「嗚嗚啦」地反覆燉她的凍豆腐，這裡面也不涉及烹飪的know-how問題（除了「做空中滾翻交叉」一句略有影射外），詩人完全讓「燉」、「凍」、「豆腐」等字詞自行呈現、演出（字詞本身的物質性在此暴露無遺——關於這點，下詳）——當中也欠缺一個嚴肅的主題。餘如〈在陣雨之間〉（2001a: 13）一詩亦具同樣效果：在陣雨之間，詩人只說了一句「我正孤獨通過自己行星上的曠野」，然後就任由此句話不加標點符號地重複，當中詩人還特意用圈圈劃出其中被拆開的幾個詞：「通過」、「曠野」、「我正孤獨」（第一至第六行上端則特意圈出上述那句完整句子）。夏宇踐履的這文本政治，一九八〇年初起之時，踽踽獨行的身影難免落寞，此情此景有如此詩她自己所言：在陣雨之間，孤獨通過自己行星上的曠野。

語言詩所進行的反對政治，在林燿德〈世界偉人傳〉（1988a: 276-278）一詩中則稍加觸及。此首詩雖然在詩末將詩旨（題）「世界偉人傳」五字仿似未來派手法特意予以倒置（此一倒放手法顯然有「背叛」之意），緣由則來自這些偉人名字一再的疲勞轟炸——詩人在此一連重複一二九個「轟」字，一大片轟字突入眼簾，的確「轟」得令人怵目驚心。在轟字刻意凸顯之際，詩人有意向「偉人政治」加以挑戰（或質疑——玄機在最末倒放的五字）的企圖，已昭然若揭。後來陳黎的反戰的〈戰爭交響曲〉語言詩，其靈感或得自林燿德此詩也說不定。

較具反對政治意味的後現代語言詩，多半係出自具女性主義色彩的江文瑜之手。例如她的〈螞蟻上樹〉（2001: 36-37）一詩，前半段雖係視覺詩（visual poetry）——由一群群密密麻麻的「女」字（形似螞蟻）以並非很有秩序的「隊形」組構而成，右側還出現一支放大鏡及由三個女字形成的「姦」字；以此一女字隊形加上「姦」字，再配合後兩段敘事文字合而觀之，就如李元貞所說，這盤「螞蟻上樹」乃暗示了日據時代寡婦情慾的壓抑與渴望，其中放大鏡顯示出來的「姦」字則暗示「有目視的道德壓力，誇張出父權社會對女性情慾的鎮壓」（同上註，8），江文瑜此詩反父權政治之企圖躍然紙上，清晰可見。

〈螞〉詩係以字形遂其反對政治[5]，但江文瑜一些具有語言詩味道的其他詩作（頗多造成突梯、諷喻的效果），例如〈妳要驚異與精液〉、〈一首以呼叫來朗誦的打油詩〉、〈憤怒的玫瑰〉、〈想像咖啡的滋味〉……或多或少都有反對政治的企圖。以〈憤〉（1998: 62-63）詩為例，此詩是站在妓女、酒女……的立場來嘲諷嫖客、酒客等，前者被形容為「憤怒的玫瑰」——玫瑰不只多刺，而且有「毒」（梅毒，「梅」和「玫」諧音）。憤怒的玫瑰還「梅了嫖客的龜（指男人的龜頭）！」（是嫖客的報應？），蓋「你（指嫖客）不在乎孩哭食爛只在乎曾經擁幼（齒）」，以「海枯石濫」（「孩哭食爛」）及「曾經擁有」（「擁幼」）的諧音來反諷嫖客的不人道[6]。在此，江文瑜從事的是性政治的反動（the revolt of sexual politics），她在《男人的乳頭》這本詩集的〈自序〉中所說的這段話，再明顯不過了：「我並未忘記藉此調侃一下男性的身體，提醒他們，我們女人開始要張大眼睛來觀看大千世界了，包括男性的身體，女人不願只是等在那裡，等他們來教導我們該如何如何張眼閉眼的。」（1998: 11）[7]，而這也是前所說台灣語言詩中少見的特色。

二、讀者參與

上述第二節中曾提及，語言詩人常常將其寫作的過程予以暴露，以綜合排列的方式隨興組構詩句，目的在邀請讀者的參與——參與其分離式的構句（the disjunct syntax）、其未完成的陳述（incomplete statements），以及其意象激進的變動（the radical shifts of imagery），例如伯恩斯坦底下這首〈政策事件〉（"Matters of Policy"）[8]：

On a broad plain in a universe of
anterooms, making signals in the dark,
You fall down on your waistband and, carrying your
own plate, a last serving, set out for
another glimpse of a gaze, In a room
full of kids splintering like gas jets against
shadows of tropical taxis …… he really had , I

should be sorry, I think this is the ("I
know I have complained" "I am quite well"
"quit nudging" …… croissants
outshine absinthe as "la plus, plus sans
egal " though what I most care
about is another sip of my Pepsi-Cola. Miners
tell me about the day ,like a pack of
cards, her girlfriend split for Toronto ……（1980: 1）

伯式這種隨興、跳躍、斷裂式的構句，在夏宇的《摩擦・無以名狀》詩集中，處處可見——簡直是集大成，它們要求讀者參與詩人的「集字遊戲」，例如底下這首〈大概最好〉，和伯式上述那種構句法（綜合排列）不啻是如出一轍：

不具體表達
大概最好

兩百四十萬朵花
慢慢吹氣
狂想另外一個自己惡的
易於凌空懸掛將被看見
藍色配上綠色
無上甚深那一面有著
木頭框子安上
玻璃雪就下了就
忘了你就記得了玻璃
就忘了你（2001b: n.pag.）

麥克根說，語言詩要在各種不同的開放元素裡留下聯結它們的線索，讓讀者將這些線索予以聯結起來；它要打破作者是主動的而讀者是被動的這種傳統的關係，也就是「我知、你不知」、「我有、你要」或「我給、你取」這種作者與讀者的關係（1997）。在此之前，夏宇第一本詩集《備忘錄》中的〈連連看〉，可以說是台灣第一首「主動」邀請讀者參與詩人創作遊戲的語言詩：

信封　　　　圖釘
自由　　　　磁鐵
人行道　　　五樓
手電筒　　　鼓
方法　　　　笑
鉛字　　　　□□
著　　　　　無邪的
寶藍　　　　挖（1986: 27）

這首詩如果少了讀者的參與遊戲（創作）——將各不相連屬的元素予以聯結，便失去存在的意義。這種並置的排列手法常爲語言詩人所運用（如「索引」式的詩），也算是一種難以聯結的綜合排列。此外，另一種讀者參與文本遊戲的方式，係利用詩在聲音方面的特質，以突梯的諧音效果，暗諷語字的發音——這一定要讓讀者唸出聲來，例如陳黎的〈不捲舌運動〉一詩，第三段「唸唸看」以下繞口令式的句子，讀者讀來很容易便舌頭打結（如此也才能體會詩人的苦心孤詣）：

石氏嗜詩，嗜食死屍，使十侍
適市，施施拾十四死獅
四獅屍實似石獅，十獅屍濕
似濕柿，石氏撕獅嘶嘶食
是獅，是屍，是史詩……
（ㄙˊㄙˋㄙˋㄙㄙˋㄙˊㄙˇㄙㄙˇㄙˊㄙˋ
ㄙˋㄙˋㄙㄙㄙˊㄙˊㄙˋㄙˇㄙ
ㄙˋㄙㄙㄙˊㄙˋㄙˊㄙㄙˊㄙㄙㄙ
ㄙˋㄙㄙˋㄙˊㄙˋㄙㄙㄙㄙㄙˊ
ㄙˋㄙㄙˋㄙㄙˋㄙˇㄙ……）（1995: 116-117）

基本上，陳黎這首凸顯字音之物質性的語言詩，是相當可解的一首詩，然而，多半的語言詩（尤指美國）並非如此，被邀約的讀者最頭痛的是它的分裂、無意義及無解（nonsense and unmeaning）。在台灣，夏宇是此派的「掌門人」，當之無愧。

第四節　語言的物質性與非指涉性

索緒爾說語言符號由意符及意指所構成；如果依照他的說法，那麼所謂語言的「物質性」，指的無非是意符的這一層面，亦即（書寫）語字（word）的字音與字形；擴大一點來說，亦可將已被約定俗成的、固定的字義包括進來。就此而言，形象化的漢字，其物質性較諸羅馬拼音字母更易凸顯。陳黎、夏宇、林燿德等人，都是「玩弄」語言物質性的個中好手。

語言詩最大的特色之一就是對於語言（文字）物質性的強調，他們的詩作要讓讀者跨越文句構造法的軸心，突出可感知的視覺及聽覺的呈現部分，也即讓組構語言本身的元素超越再現的框架（the representational frame），正如語言學家雅克愼（Roman Jakobson）所說：

> 當語字被留下來當語字看待，而不僅僅只將被命名的客體（物象）予以再現或做為感情的迸發；且當語字以及它們的組構、意義，它們外在與內在的形式，獲得它們自身的重量及價值，以取代毫無差異地對現實的指涉時，那麼詩性（poeticity）便會呈現出來。（轉引自 Kim, 1994: n.pag.）

具體的例子就像葛瑞尼爾（Robert Greiner）詩集《阿切利佳》（*Alcheringa*）中的語言詩，把語字本身解構，焦點集中在語言的音韻、音節及次語意的（sub-semantic）諸元素上，要讀者去注意語字被當做字音及字形（sound and grapheme）的具體可感性（tangibility），比如在紙頁上語字彼此的空間（排列）關係，復以邏輯性的認知或時間性的結合方式予以組構或打散（disorganize），目的在抵拒語字的透明性，以強調意義的建構乃是一種意識性的行動（如葛氏這個組合字：someoldguyswithscythes）（*ibid.*）。

台灣的語言詩人對於語字物質性的實驗式演出，亦不遑多讓，雖然作品數不多，但首首皆有代表性。以突出字音之物質性來說，除前所舉〈不捲舌運動〉一詩，餘如陳黎的〈巴洛克〉、〈紅豆物語〉、〈一首因愛睏在輸入時按錯鍵的情詩〉等詩，以及江文瑜的上舉諸詩〈妳要驚異與精液〉、〈一首以呼叫來朗誦的打油詩〉、〈憤怒的玫瑰〉、〈從吐苦水到吐口水〉等，都大玩字音的遊戲，以諧音或疊字（音）的方式呈現，譬如陳黎〈巴洛克〉底下這一段：

源自葡萄牙語
不規則的珍珠
之意。不規則
後面，自然是
規則，譬如說
葡萄葡萄葡萄
葡萄葡萄葡萄
葡萄葡萄葡萄
忽然吐出葡萄牙（1999: 57）

乍看之下，這似乎是一首「釋詞詩」（解釋「巴洛克」此一名詞），但在稍後展開的文字遊戲中，葡萄兩字的一再重複，已乏指涉意義的「釋義」味道，且從葡萄的字形「葡萄」轉爲近似的蘿蔔字形。巴洛克與葡萄以至於（紅、白）蘿蔔究竟有何關聯？這不是詩人關切的重點——重點乃在「葡萄」音一再重複的感覺，這和史坦茵在〈在友情之花凋謝凋謝之前〉（"Before the Flowers of Friendship Faded Faded"）對於a、b、d、v字母（音）非指涉的呈現——把字母當字母看待，有異曲同工之妙[9]。陳黎的另一首〈紅豆物語〉則走得更極端，字音的物質性凸顯得更厲害，如第三段及末段：「紅豆紅豆紅豆／你是我的紅豆／紅豆紅豆紅豆／我是你的紅豆」、「紅豆紅豆紅豆／紅豆本當紅豆／紅豆紅豆紅豆／吾黨所宗紅豆」，紅豆已無原來的指涉意涵，紅豆只是紅豆，剩下的是它的字音及字形而已，而這更有史坦茵上詩的味道。對於字音物質性的凸顯，使得國語注音符號也能入詩（如陳黎的〈不捲舌運動〉、田運良的〈你我他〉組詩、劉季陵的〈日課表·國語〉）等，這是語言詩帶來的影響，殆無疑義。

至於對於字形的凸顯，林燿德的〈六○年代〉（1988b: 90-93）、〈五○年代〉（1988a: 94-95），夏宇的〈降靈會III〉（2001a: 45）、〈另一種道德〉（2001b: n.pag.），陳黎的〈腹語課〉

（1995: 108-109）等詩，都已耳熟能詳（奚密、廖咸浩、焦桐等人均有所評論）。其中〈五〉、〈降〉及〈另〉三詩詩型接近，凸顯的都是欠缺筆劃的漢字字體。〈五〉詩一開頭前兩句「狐狸的」三字重複了十餘次，其中第十四、二十六、三十二字的「獨」，第十八、二十一、二十七、三十字的「的」，不是缺手就是缺腳，筆劃不全，而第三行開始至最末行，行行都有這樣的字。〈另〉詩只有二行：「夺矜／仈医囩逺閅」，字的筆劃不全如出一轍；這首詩其實是出自〈降〉詩第四行中的前七個字，只是在此被拆成兩行，〈另〉與〈降〉二詩的互文性（intertexuality）亦由此可見。

至於林燿德的另一首〈六〇年代〉，第三段以下的一大串「蝗」字，其排列形式雖具有圖像詩或視覺詩的效果，惟一大塊像蝗蟲漫天齊飛的聚在一起的蝗字，難免會引人嫌惡之感，也令人體會到一大堆蝗字聚在一塊的集體力量。較爲特殊的是收在《都市之甍》中的長詩〈夢之甍〉（1989: 165-196）。是詩具有多重語言符號的演出效果：除了「魚影遷居到空寂的地表經過一座荒城」句中不規則的疊字（類似〈六〉詩中重複的蝗字）之外，餘如齊尾／不齊頭的詩行；標點符號提置行首；有不明確的演算公式（X:L=(L-X):X）；魚形圖像的排列；以及第十八節對話詩行中表示緘默的「　」（引號中不置一詞）。王溢嘉說：「這可能是詩人的夢境中潛意識浮現方式的文字捕捉」（同上註，15）。其實，這樣的文字捕捉的方式，不妨也可視爲是詩人企圖凸顯語言符號之物質性的嘗試。

兼具字形及字音之物質性呈現的語言詩，要屬陳黎的〈腹語課〉一詩了。從字形方面而言，同一個「ㄨˋ」或「ㄜˋ」音，卻可以找出這麼多不同的字形；反過來從字音方面來說，這麼多不同的字形，卻可以同時發同樣的一個音：

惡勿物務誤悟鎢塢騖蓩噁岉蘁齀痦吾埡芴
軏杌婺鶩堊沕迕遻鋈矹物阢靰焐卼煟扤屼
（我是溫柔的……）
屼扤煟卼焐靰阢物矹鋈遻迕沕堊鶩婺杌軏
芴埡逜痦齀蘁岉噁蓩騖塢鎢悟誤務物勿惡
（我是溫柔的……）
惡餓俄鄂厄遏鍔扼鱷蘁餩嶭蜸搹圔軶豟豟
顎呃愕噩軛阨鶚堊諤蚅砨砐櫮鑩岪堮枙齶

萼咢啞崿搤路闕頞堨堨頞闕路搤崿啞咢萼
齶枙堮岋鑩櫮砐硊蛫諤堊鶚阸軛噩愕呃顎
貎軛圔搹蝁嶭餩蘁鱷扼鍔遏厄鄂俄餓（
而且善良……）

上述各段末尾用括號註明（詩中學腹語術的發聲者）：「我是溫柔而且善良」，雖暴露出詩中人的用意（intention）（焦桐，1985: 95），然而這首詩攫人眼神的，畢竟是在這些從國語字典注音符號檢字表上所摘取的各式各樣不同的同音異字（包括我們很多不認識的怪字、生字）上，也就是使大家注意到的只是文字的符號性質，把文字從意義上解放出來（同上註）。

語言詩人之所以強調語言之物質性，是因爲不滿於之前資本主義美學太過信任文字（語言）的指涉功能，尤其是寫實主義崛起之後，文字之拜物教化（the fetishization of word）清楚可見，而這正是語言詩人所要撻伐的。爲了解放文字（必須承載意義），讓語言文字回到其物質性——也就是意符本身，說穿了無非也就是在削減其指涉性（diminished reference），一言以蔽之，語言文字的物質性及其非指涉性其實是一體的兩面。如斯看來，詩語言的物質性愈高，相對地，其指涉性也就愈低，而低到所謂的「零度指涉性」（reference degree zero），也就是無解，其意義不復可尋——在此，語字文字本身則得到徹底的解放。上舉諸詩中，夏宇的〈降〉及〈另〉二詩，相較於林燿德、陳黎等詩，其指涉性更低，亦即其意義更不明確。底下劉季陵的〈碎片〉一詩則更爲典型，它是符號的自我遊戲（只在自己的符號世界裡）：

・1/4與 1/4　創造了 1/2
・1/2 是 完全不是 一個 1/2
・一個 1/2 是 完全不是 1/2
・1/2 包含所有 1/2
・1/2 是
　　完全不是 1 減去所有 1/2
・2/2=1，3/3=1，5/5=1，18-16/2=1，
1996-1994/2=1=⇩1 是什麼
・1 是什麼　一個 1/2 是什麼
……〔底下略〕（《現代詩》復刊 28 期，p.14）

這樣運作（算）的符號（1或1/2），完全欠缺對外（外在現實）的指涉性，而不必再承擔任何裝載意義的使命，讓文字或符號等於它自己的意符，後現代的步伐走到這裡已夠極端了。

第五節　構句的反/非敘事

什麼是「敘事性」（narrativity）？在此所謂的「敘事性」強調的是詩文本所行走的脈絡係以時序性的（chronological）、線性的（linear）的敘事方式爲之，而它的言辭將以一組意象（或裝飾）來開展，因此我們在閱讀這種具敘事性之詩文本時，會感受到這個文本是被展示或被闡釋的，也就是想從其中找出它的隱喻，這就像我們在「閱讀」一幅畫作時想要「讀」出其隱含的意義一樣。麥克根認爲，文本的敘事性在其結構係植基於所謂的「故事」，由於故事的存在，可以將我們經驗（特別是社會及歷史的經驗）的領域加以框限或安排（給予秩序）（1997: n.pag.），其中還可能由因果律予以貫串。

語言詩對於敘事性的排斥，反映了語言詩人對傳統寫作方式的不滿，他們認爲在紙頁上分布的印刷字詞中展開閱讀過程時，就會出現「短路」；寫作和閱讀亦同，尤其是詩創作，在構句之間時不時就會短路，所以在語言詩人的字典中沒有「持續性」（continuity）這個字眼。麥克根在〈當代詩，交替的路徑〉（"Contemporary Poetry, Alternate Routes"）一文中，曾以伯恩斯坦以及奚理曼二人的詩作，做爲反敘事（antinarrative）與非敘事（nonnarrative）詩型的例子。

非敘事的語言詩型，常常使用獨立的、不相連屬的並置式句子，湊成一種「怪怪的」索引。陳黎的〈舉重課〉（1995: 110-111）一詩便是典型的例子。〈舉〉詩舉了三十種各不相干的字、詞或符號（%、→、『』）一字排開（置於上半部），詩文本裡面並無敘事性可予以連貫或重新排列組合，即便把下半部那一句上下游移的句子（詩行）：「用如絲的語字在你的耳邊呵護起溫柔的摩擦，這麼多重金屬」納進來思考，最多也只能得出上面所羅列的每一項「重量」都很重（「重金屬」）這樣的印象——但這樣的結論也不是從詩人敘事性的陳述方式而來。相較於夏宇的〈連連看〉、〈八項〉二詩，陳黎在此賣弄了個小聰明，但這一賣弄也離語言詩遠了一點。

反敘事性最爲徹底的非夏宇莫屬了，尤其是她的第三本詩集《摩擦・無以名狀》。這本詩集的誕生是從她上一本詩集《腹語術》打散後重新剪貼而來，所以夏宇自己說前書是後書的「再生轉世」。《摩》書中的詩作，多是出於詩人「對字本身的冥想」，讓字回到字本身——既是如此，那麼連敘事性也可不要了。她的反敘事性，可從她在該書序文〈逆毛撫摸〉中所舉的兩個例子看出。其一是她在詩中剪貼湊成的兩個句子：「有人呼喚我的名字」和「遺失三顆鈕扣」之間，原本有衝動想再找出一個「像」字將之連在一起，好讓它們「產生意義」（敘事性就會由此出現），結果「像」字還是被拿掉了。其二是她的〈由1走向2〉這首詩之所以成形，乃廢物利用所致，是從剪剩的一些字兜起來的；但是由於兜得「旨意太清楚」，反而令她感到「完全失去了廢物的美」（2001b: n.pag.）。《摩》書所收詩作幾全爲反敘事或非敘事詩型，以開頭一首〈耳鳴〉爲例即可見一斑：

我們稱之為夏天的
這些椅子其實
是不同的島我們

停下來找東西
解開懸掛
交換倒數
骰子就變成線索
瓶子變成船螺
鞋子就開始是一個郵輪
我就駛過你的港
你坐在箱子上寫字
耳朵的手風琴地窖裡有神秘共鳴
頭髮已經慢慢留長了
鐘用海擦得很乾淨
我們都會打勾
在這樣的下午
這是譬如的第6次方

你喊我的名字
遺失三顆鈕扣（2001b: n.pag.）

由於是徹底的反敘事，所以夏宇的詩往往可以倒回來讀，以至於正讀、倒讀、歪讀都有理。〈耳〉詩亦不例外，倒著讀的意思不會比正（順）讀更不清楚，緣由是這首詩中完全缺乏順時發展的情節的貫串，簡言之，它只有分開斷裂的情節（plot），卻沒有一個完整的故事（story），而情節原是詩人以其特定的敘事方式（及觀點）賦予故事一個結構。至於夏宇爲何偏愛這樣的（反/非）敘事模式？或因其隨興（率性？）的手法有以致之。這種隨興的手法造成的語言的失序（a language disorder），不妨就稱之爲「挖空的蒙太奇」（vacant collage），亦即指詩人的語言被無意義的剪輯、拼貼；因而也同時大大地降低了其對外的指涉性。

相對來說，田運良的〈你我他〉系列組詩，指涉性就比夏宇上詩稍強，詩中透露的相關情節亦較顯豐富（如〈他：ㄊㄚ〉（1995: 205-207）描述的是一位失戀男子憂鬱又無奈的心境），然而其所運用的反敘事手法和夏宇亦如出一轍。例如〈你：ㄋㄧˇ〉一詩：

昨夜塞給ㄋㄧˇ的夢裡面。摺有令睡意輾轉不成眠的

「你」第二人稱・你・曾一齊逗留青春草原。同
與地老天荒廝守的青梅竹馬・你・ㄋㄧˇ。愛情標本
學名・你・要過來嗎。順便將・的回憶帶來還・
你・現行犯。偷走ㄋㄧˇ的優美寫在關於印象作品第
53號的靈感和第142號的意象。第269號的矛盾・你
・權充人生大戲的臨時演員。偶爾在暫且歇腳的
村棧宿驛場景開拍的邂逅戲裡情商客串。演ㄋㄧˇ的
緣的世紀末・你・故意躲在日光陽台。ㄋㄧˇ卻在後
院發現足印以及霉濕的前生。不過。ㄋㄧˇ不敢確認
那些傷痕・你・特徵①②④⑤（③能海枯石爛山
盟海誓——×。未勾選）屬性情人・你・私藏ㄋㄧˇ
未公開的遺言（顛覆主義）。是一卷滂沱豪雨與
龍捲風暴・你・冒名頂替的附庸稱謂。次要的神
・你・ㄋㄧˇ的審美觀令人不忍卒睹・你・懷裡也埋

有一顆北辰。ㄋㄧˇ・你・伸展一下麻木的抒情。不
小心撞到ㄋㄧˇ。對不起・你・ㄋㄧˇ氣呼呼跑過來一把
便將整冊歷史閣上。瞬間傾圮了數百張青春期的
墮落病歷與頁碼不清的今生今世・你・噓。ㄋㄧˇ聽
。嘰哩喔唧。粗心的肖像又打破了一座月色。你
・「阿ㄋㄧˇ。我已搭13:55的思念南下。」・你・
似被壯觀的念頭脅迫著。逼你交出ㄋㄧˇ也好奇的初
戀密語・你・事後很是自責。找來一組鑰匙。就
此將血氣方剛的衝動和已闖的禍牢牢反鎖・你・
說說ㄋㄧˇ的一千零一夜吧・你・你以為你知道什麼
事後。卻證明你什麼都不知道・你・「ㄋㄧˇ的『象
徵』呢？」。那幅誰都不願看懂的33×25 cm^2的
意識流・你・昭和13年。唐貞觀四年。你與ㄋㄧˇ遍
栽紅玫瑰的前世和黃菊的前前世・你・淫佚住持

・你・Whoever Finds This, I Love ㄋㄧˇ・你・這
種招蜂引蝶。就與準備席捲美麗敗逃的ㄋㄧˇ一樣。
僅憑幾部艷史便可徹徹底底佔領你的醜陋・你。(1995: 195-197)

是詩中除了嵌入注音符號「ㄋㄧˇ」之外，還有一些數字標號(①②③④⑤)、阿拉伯數字的時間簡寫(13:55)、面積數字表示(33 × 25　)以及「×」號。但這些數字、符號的自由嵌入並非本詩重點(但「Whoever Finds This, I Love ㄋㄧˇ」一句倒頗符合語言詩對於物質性的強調)，重點在其令人不忍卒睹的反敘事寫法，打破了我們慣有的線性思考模式，而一些違反常態句的句子如：「同與地老天荒廝守的青梅竹馬」、「你以為你知道什麼事後」，「演ㄋㄧˇ的緣的世紀末」，在在都加強了此詩的難度(你與ㄋㄧˇ的難分僅是其中一例)。

反敘事的手法當然不是後現代語言詩的專利，現代主義時期的意識流小說及超現實主義詩便引以為傲，對他們而言，反敘事之運用不過是家常便飯。不同的是，語言詩人走得更為極端，而且極端到隨興的地步，以至於把意識之流截斷而成多股亂流。在台灣詩壇，在這方面傲視群雄/雌的夏宇，足可開山立派，殆無疑義。

第六節　結語

語言詩嘗試將各式各樣的「物質」織進詩裡，其織法又別樹一格，並不順著既定的紋理脈絡一針一線織就，仿似「亂針法」，多頭並進；更且，其織就而成的圖案尙難以辨認，惟其引用的「物質」卻清晰可見，只是令人不知所措，而令人不知所措又似乎是後現代詩予人印象最為深刻的地方，這當中語言詩更是當仁不讓。

從某方面言，語言詩服膺的是傳播學家麥克魯漢（Marshall McLuhan）所說的「媒體即訊息」（the medium is the message）這樣的信念，也就是語言、文字或符號本身就是詩，詩的訊息並不來自其所使用的語言對外的指涉，就像夏宇自己所說的，詩的語字本身就是音符，就是顏色，所以「寫詩的人最大的夢想不過就是把字當音符當顏色看待」（2001b）。從這個觀點看，語言詩不啻就是純粹詩——純粹得讓每一個字眼都像馬賽克般清楚存在，而這時，套用羅智成的話說，「融入流暢語句的則已屬於壁紙」（同上註）。

的確，語言詩服膺的這個原則：「當閱讀被阻擋時，文字便能挺身而出」，似乎具有相當的魅力；然而就如羅智成的質疑：「到底，一首詩掉了幾行都不會有人發覺的文學作品能傳達怎樣的訊息？……於是，人們只看見訊息在光怪陸離的馬賽克文字裡掙扎，傳遞不出來。」（同上註）羅智成對語言詩的詬病，代表著大多數人對它的質疑。但是不可否認的，我們經常也被意義所構成的訊息的牢籠掐得喘不過氣來。梅尼克（David Melnick）底下這段話值得吾人進一步深思，也權充為本章的結尾：

> 詩是由那些看起來像（然而卻不是）語字及詞彙的東西所構成……這樣的詩能為你做些什麼？你是一隻在你自己絲網中掙扎的蜘蛛，被意義所窒息。你要求被這些詩解放於無法忍受的那種想要了解〔意義〕的負擔。這個意義的世界：對你而言豈非太大？抑或過小？它都不適合。真糟糕。它無從爭辯。你繼續嘗試，而我也一樣。[10]

註釋

〔1〕底下所舉美國語言詩例子，直接徵引原文，在正文中討論不再譯爲中文，蓋語言詩如前所述，有其與衆不同的構句，句子常斷裂、不完整，有時故意凸顯其英文發音及字母造型的擬似性與反覆性，譯成中文便無法感受詩人別出新裁的意圖了，例如此首詩中的"...... who had come out of the forest bad from wet night .I came from an odd bed, ..."，就有凸出其英語物質性的特殊效果（had ,bad, bed），難以中文示意。惟爲不諳英文的讀者方便了解，茲試譯如下：

後腦勺靠在枕頭上並不費力。我們無法聽到彼此說話。浴室裡的水坑，厚臉皮的一個。在我們之間有太多年了。我注視著陌生人讓他大膽地朝向麥克森，他已自森林裡出來，壞則從濕夜來。我來自一張剩下來的床，朱紅色的騷動吸引了吠叫的狗。然而，我可以付我的房租並提供給他。在這個場合裡，她道歉了。

〔2〕史坦茵此詩試譯如下：

玻璃中的一種以及一位堂親，一個光景以及沒什麼好奇怪，一種單一的受傷的顏色，以及一個在系統中的指示的裝置。所有的這個並非一般的，並非無秩序的，以一種非相似。這差異正在擴大。

〔3〕紀姆認爲，語言詩寫作歷史上的先驅是俄國的未來派，他們有兩個共同點，除了都將其作品視爲進行階級

鬥爭的一項計劃外，將語言置之於作品的核心位置亦是他們共同的主張（1994: n.pag.）。

〔4〕這並非指夏宇的詩作一律欠缺「主題性」，譬如她的〈一般見識〉、〈姜嫄〉、〈野獸派〉等詩就頗有女性主義的味道；〈一生〉、〈印刷術〉等詩，嘲諷意味就很濃；〈野餐——給父親〉一詩，抒發的更是其沈重的父女之情。

〔5〕以字形取勝的具有語言詩味道的其他詩作，例如〈從吐苦水到吐口水——一九九七年縣市長選舉後感〉（1998: 69-71）一詩，更具有反對政治的特色。

〔6〕江文瑜在另一詩〈送你一串永不詞窮的玫瑰〉中，更以拆字方式來新解「玫瑰」一詞。她說：「玫＝文王／／（文上的一點偏斜／偏邪了，挪向中庸一點／／較爲均衡⇓文）／／文王，文中之王——／／世人用盡各種文類盛／勝／聖讚／／美麗而多刺」；又說：「因『玫』的姊妹／解魅，瑰＝鬼王／／鬼中之王——／／在夜裡吸食付出愛情者的血液／／去滋養／齜癢玫瑰之顏色」（1998: 127），玫瑰因而變成「文中之王」及「鬼中之王」。

〔7〕豪蘇珊在〈狄瑾蓀與史坦茵〉（"Emily Dickinson and Gertrude Stein"）一文中，站在女性作者的角度，提出更進一步的反省，她們要「以一種技巧性的及反諷式的方式對文學史中的父權式權威加以檢視。是誰監視著文法問題，以及言辭、聯結與涵義的部分？是誰的秩序被鎖在句子的結構裡面？」（1985: 11）這是女性語言詩人的反對政治的思索。

〔8〕本詩中譯如下：

在一個廣大的草原上，在一個休息室的
穹宇，在黑暗中做了訊號，
你跌倒在你的腰帶以及，帶著你
自己的名牌，上回的服務，送出
另一凝視之一瞥。在一個房間裡
擠滿了分開的小孩像煤氣噴筒對著
熱帶計程車的陰影……他真的有，我
應該要抱歉，我想這是（「我知道我已抱怨過」，「我相當不錯」
「停止用肘輕推」）……新月形麵包
亮度勝過苦艾酒就像「它更加地、更加地舉世
無雙」雖然我最在乎的是
關於啜另一口我的百事可樂。礦工們
告訴我有關這天，像一套
卡片，她的女友分手去多倫多……

〔9〕史坦茵〈在友情之花凋謝凋謝之前〉一詩中譯如下（限於篇幅，在正文中不再徵引原文）：

我愛我的愛，用一個v

因為它就像那樣
我愛我的愛，用一個b
因為我在那
一位國王之旁
我愛我的家，用一個a
因為她是一位皇后
我愛我的愛，而a是它們之中最棒的一個
好好想，且是一位國王
想得多且一再地想
我愛我的愛，以一件衣服及一頂帽子
我愛我的愛，不用這個或那個
我愛我的愛，用一個y，因為她是我的新娘
我愛她，用一個d，因為她是我的愛在旁邊
謝謝你在那兒
沒人會在意
謝謝你在這裡
因為你不在那兒

那是有以及沒有我而且沒有她她會遲到然後以及如何以及到處我們想並發現是時候該哭了她與我。

本詩摘自網站 http://www.sappho.com/poetry/historical/g-stein.html.

〔10〕這一段話係轉引自亞馬遜網站（amazon com）上一篇關於語言詩評介的文章（沒有標題）。Online. Internet. 19 Apr. 2002. Available. http://www.poetrypreviews.com/poets/language.html.

參考書目

一、詩集、詩選集及詩刊

1. 詩集

王麗華。一九八八。《他對著我的窗口演講》。高雄：春暉。
丘緩。一九九〇。《掉入頭皮屑的陷阱》。作者自印。
田運良。一九九五。《爲印象王國而寫的筆記——田運良的主題詩》。台北：文鶴。

田運良。二〇〇〇。《單人都市——田運良詩札》。台北縣：克萊司曼。
江文瑜。一九九八。《男人的乳頭》。台北：元尊。
江文瑜。二〇〇一。《阿媽的料理》。台北：女書。
杜十三。一九九〇。《嘆息筆記——杜十三詩選》。台北：時報。
李元貞。一九九五。《女人詩眼》。台北縣：縣立文化中心。
利玉芳。一九八七。《活的滋味》。台北：笠詩社。
余光中。一九九二。《余光中詩選》。台北：洪範。
朵思。一九九七。《飛翔咖啡屋》。台北：爾雅。
李敏勇。一九九三。《傾斜的島》。台北：圓神。
林群盛。一九八八。《聖紀豎琴座奧義傳說》。作者自印。
林群盛。一九九五。《星舞絃獨角獸神憶》。作者自印。
林燿德。一九八七。《銀碗盛雪》。台北：洪範。
林燿德。一九八八a。《妳不瞭解我的哀愁是怎樣一回事》。台北：光復。
林燿德。一九八八b。《都市終端機》。台北：書林。

林燿德。一九八九。《都市之甍》。台北：漢光。
岩上。二〇〇〇。《更換的年代》。高雄：春暉。
苦苓。一九八六。《每一句不滿都是愛》。台北：前衛。
苦苓。一九九一。《苦苓的政治詩》。台北：書林。
夏宇。一九八六。《備忘錄》。再版。作者自印。
夏宇。二〇〇一a。《腹語術》。再版。台北：現代詩季刊社。
夏宇。二〇〇一b。《摩擦・無以名狀》。再版。作者自印。
陳克華。一九八七。《星球紀事》。台北：時報。
陳克華。一九九五。《欠砍頭詩》。台北：九歌。
陳秀喜。一九八一。《嶺頂靜觀》。台北：笠詩社。
許悔之。一九九四。《我佛莫要，爲我流淚》。台北：皇冠。
陳義芝。一九九八。《不安的居住》。台北：九歌。
陳黎。一九九三。《家庭之旅》。台北：麥田。
陳黎。一九九五。《島嶼邊緣》。台北：九歌。

陳黎。一九九九。《貓對鏡》。台北：九歌。
黃智溶。一九八八。《今夜，妳莫要踏入我的夢境》。台北：光復。
楊牧。一九九八。《時光命題》。台北：洪範。
劉克襄。一九八四。《漂鳥的故鄉》。台北：洪範。
劉克襄。一九八五。《在測天島》。台北：前衛。
鍾玲。一九八八。《芬芳的海》。台北：大地。
顏艾琳。一九九七。《骨皮肉》。台北：時報。
鴻鴻。一九九〇。《黑暗中的音樂》。台北：曼陀羅。
羅任玲。一九九〇。《密碼》。台北：曼陀羅。
羅門。一九八四。《羅門詩選》。台北：洪範。
羅青。一九八八。《錄影詩學》。台北：書林。

2. 詩選集

女鯨詩社編。一九九九。《詩潭顯影》。台北：書林。

向明編。一九八五。《七十三年詩選》。台北：爾雅。
向明編。一九九一。《七十九年詩選》。台北：爾雅。
向明、張默主編。一九九三。《八十一年詩選》。台北：現代詩社。
向陽編。一九八七。《七十五年詩選》。台北：爾雅。
余光中、蕭蕭主編。一九九七。《八十五年詩選》。台北：現代詩社。
李瑞騰編。一九八六。《七十四年詩選》。台北：爾雅。
李瑞騰編。一九九二。《八十年詩選》。台北：爾雅。
辛鬱、白靈主編。一九九六。《八十四年詩選》。台北：現代詩社。
洛夫、杜十三主編。一九九五。《八十三年詩選》。台北：現代詩社。
柯順隆等。一九八六。《日出金色——四度空間五人集》。台北：文鏡。
商禽、焦桐主編。一九九九。《八十七年詩選》。台北：創世紀詩雜誌社。
梅新、鴻鴻主編。一九九四。《八十二年詩選》。台北：現代詩社。
張漢良編。一九八八。《七十六年詩選》。台北：爾雅。
張默編。一九八三。《七十一年詩選》。台北：爾雅。

張默編。一九八九。《七十七年詩選》。台北：爾雅。
張默、白靈主編。二〇〇〇。《八十八年詩選》。台北：創世紀詩雜誌社。
趙天儀等編。二〇〇一。《混聲合唱——「笠」詩選》。再版。高雄：春暉。
鄭良偉編註。一九九二。《台語詩六家選》。台北：前衛。
瘂弦、陳義芝主編。一九九八。《八十六年詩選》。台北：現代詩社。
蕭蕭編。一九八四。《七十二年詩選》。台北：爾雅。
蕭蕭編。一九九〇。《七十八年詩選》。台北：爾雅。
蕭蕭主編。二〇〇一。《八十九年詩選》。台北：台灣詩學季刊雜誌社。

3. 詩刊

《現代詩》，復刊第九期。一九八六年十二月。
《現代詩》，復刊第廿二期。一九九四年八月。
《現代詩》，復刊第廿三期。一九九五年三月。
《台灣詩學季刊》，第十四期。一九九六年三月。

《台灣詩學季刊》，第卅一期。二〇〇〇年六月。

二、中文部分

丁旭輝。二〇〇〇。〈台灣現代圖象詩的價值〉，《台灣詩學季刊》第卅二期，頁98-106。

古添洪。二〇〇〇。〈我們需要怎麼樣的「後現代」？〉，《海歐詩刊》復刊第廿一期，頁5-8。

古添洪。二〇〇一。〈前衛/實驗主義與傳統的再回歸〉，《海歐詩刊》復刊第廿四期，頁5-10。

白靈。一九八八。〈停駐地上的星星〉，林燿德，《都市終端機》，頁13-14。台北：書林。

向陽。二〇〇〇。〈流動的繆思——台灣網路文學生態初探〉，《中央日報》副刊，二〇〇〇年十二月卅日。

向陽。二〇〇一。〈在網路中書寫新島嶼〉，《聯合報》副刊，二〇〇一年八月二十八日。

杜十三。一九九七。〈論詩的「再創作」——兼談「新現代詩」的可能〉，《創世紀》第一一一期，頁87-101。
李元貞。二〇〇〇。《女性詩學——台灣現代女詩人集體研究（1951-2000）》。台北：女書店。
李有成。一九九五。〈原住民被殖民史〉，陳黎，《島嶼邊緣》，頁211-212。台北：皇冠。
李順興。二〇〇〇。〈超文本詩的互動操作與動態想像——以蘇紹連作品爲例〉，《台灣詩學季刊》第卅一期，頁66-68。
林淇瀁（向陽）。二〇〇一。《書寫與拚圖——台灣文學傳播現象研究》，台北：麥田。
孟樊。一九八九。《後現代併發症——當代台灣社會文化批判》。台北：桂冠。
孟樊。一九九五。《當代台灣新詩理論》，台北：揚智。
孟樊。二〇〇一。《後現代的認同政治》。台北：揚智。
林燿德。一九八六。〈一九四九以後〉，台北：爾雅。
林燿德。一九八九。《觀念對話》。台北：漢光。
林燿德。一九九五。《世紀末現代詩論》。台北：羚傑。
凌雲夢。一九八八。〈詭異的銀碗——林燿德詩作初探〉，林燿德，《都市終端機》，頁253-

273。台北：書林。

莫那能。一九八四。〈山地人詩抄：引言〉，《春風》第一期，頁44-45。

陳光興。一九九〇。〈炒作後現代？——評孟樊、羅青、鍾明德的後現代觀〉，《自立早報》副刊，一九九〇年二月二十三日。

陳旭光編。一九九四。《快餐館裏的冷風景——詩歌詩論選》，北京：北京大學。

陳芳明。一九九六。〈台灣文學史分期的一個檢討〉，文訊雜誌社編，《台灣文學發展現象》，頁13-14。台北：文建會。

陳長房。一九九八。〈從前衛到後現代：試論近半世紀的美國詩派〉，《英美文學評論》第三期，頁41-70。

陳義芝。二〇〇〇。〈台灣後現代詩學的建構〉，國立台灣師範大學國文系編，《解嚴以來台灣文學國際學術研討會論文集》，頁384-419。台北：萬卷樓。

須文蔚。二〇〇一。〈開啓新檔後，詩觸電〉，《聯合報》副刊，二〇〇一年四月卅日。

焦桐。一九九八。《台灣文學的街頭運動》。台北：時報。

奚密。一九九八。《現當代詩文錄》。台北：聯合文學。

張漢良。一九八四。〈詩潮與詩史〉，瘂弦等編，《創世紀詩選》，頁 9-12。台北：爾雅。

張漢良。一九八八。〈詩觀、詩選，與文學史〉，《七十六年詩選》，頁 1-9。台北：爾雅。

張錯。一九九六。〈抒情繼承：八十年代詩歌的延續與不變〉，文訊雜誌社編，《台灣現代詩史論——台灣現代詩史研討會實錄》，頁 407-424。台北：文訊雜誌社。

廖咸浩。一九九四。〈從諸神的秘會到精靈的邀宴：當代詩的兩種趨勢〉，《台灣詩學季刊》第七期，頁 13-20。

廖咸浩。一九九五。〈玫瑰騎士的空中花園——陳黎新詩集〉，陳黎，《島嶼邊緣》，頁 3-24。台北：皇冠。

廖咸浩。一九九六。〈離散與聚焦之間——八十年代後現代詩與本土詩〉，文訊雜誌社主編，《台灣現代詩史論》，台北：文訊雜誌社。

廖咸浩。一九九七。〈水晶的誘惑——從「視覺」地位的流變看艾許貝里的〈凸鏡中的自畫像〉〉，紀元文主編，《第五屆美國文學與思想研討會論文選集：文學篇》，台北：中研院歐美所。

廖咸浩。一九九八。〈悲喜未若世紀末——九〇年代的台灣後現代詩〉，林水福編，《兩岸後現代文學研討會論文集》，頁 33-52。台北：輔大外語學院。

廖炳惠，一九九五。〈比較文學與現代詩篇——試論台灣的「後現代詩」〉，《中外文學》，第廿四卷第二期，頁 67-84。

瘂弦。一九九八。〈爲台灣現代詩織夢〉，瘂弦、陳義芝編，《八十六年詩選》，頁 1-10。台北：現代詩社。

簡政珍。一九九五。〈八〇年代詩美學——詩和現實的辯證〉，《創世紀詩雜誌》第一〇三期，頁 82-95。

羅青。一九七二。《吃西瓜的方法》。台北：幼獅。

羅青。一九八八。《詩人之燈》。台北：光復。

羅青。一九八九。《什麼是後現代主義》。台北：五四。

羅門。一九九四。〈從我「第三自然螺旋架構」世界對後現代的省思〉，《台灣詩學季刊》第六期，頁 128-139。

三、英文部分

Allen, Donald and George F. Butterick(eds.), 1982. *The Postmoderns: The New American Poetry Revised*. New York: Grove Press.

Andrews, Bruce and Charles Bernstein(eds.), 1984. *The L=A=N=G=U=A=G=E Book*. Carbondale: Southern Illinois UP.

Barthes, Roland. 1967. *Writing Degree Zero,* trans. A Lavers and C. Smith, London: Jonathan Cape.

Bell, Daniel. 1973. *The Coming of Post-Industrial Society*. New York: Basic Books.

Bernstein, Charles. 1980. *Controlling Interests*. New York: Roof Books.

Callinicos, Alex. 1990. *Aginst Postmodernism: A Marxist Critique*. New York: St. Martin's.

Eliot, T. S.著，王恩衷編譯，1989。《艾略特詩學文集》，北京：國際文化出版公司。

Featherston, Dan. 1996. "Bob Perelman's The Marginalization of Poetry", *Poetry Center*

Newsletter (fall 1996). n. pag., Online. Internet. 10 May 2002. Available http://www.coh.arizona.edu/poetry/newsletters/nwsf196.html.

Frankel, Boris. 1987. *The Post-Industrial Utopians*. Cambridge: Polity.

Hartley, George. 1989. "Text Politics and the Language Poets", n. pag. Online. Internet. 16 Aug. 2001 Available http://www.english.upenn.edu/~afilreis/88/ hartley.html.

Harvey, David. 1990. *The Condition of Postmodernity*. Cambridge, MA: Blackwell.

Hassan, Ihab. 1987. *The Postmodern Turn: Essays in Postmodern Theory and Culture*. Columbus: Ohio State UP.

Howe, Susan. 1985. *My Emily Dickinson*. Berkeley, California :North Atlantic Books.

Hutcheon, Linda. 1989. *The Politics of Postmodernis*. London & New York: Routledge.

Huyssen, Andreas. 1986. *After the Great Divide: Modernism, Mass Culture, Postmodernism*. Bloomington: Indina UP.

Jameson, Fredric. 1984. "Postmodernism, or the Cultural Logic of Late Capitalism." *New Left Review*, 146:53-92.

Jameson, Fredric. 1985. "Postmodernism and Consumer Society." in Hall Foster (ed.), *Postmodern Culture*. London & Sydney: Pluto Press.

Kim, Eleana. 1994. "Lauguage Poetry: Dissident Practices and the Makings of a Movement.", n. pag. Online. Internet. 16 Aug. 2001. Available http://www. jps.net/nada/language l. htm.

Kumar, Krishan. 1995. *From Post-Industrial to Post-Modern Society: New Theories of the Contemporary World*. Oxford: Basil Blackwell.

Lash, Scott, and John Urry. 1987. *The End of Organized Capitalism*. Madison: University of Wisconsin Press.

Lyotard, Jean-Francois. 1984. *The Postmodern Condition: A Report of Knowledge*. trans. Geoff Bennington and Brian Massumi. Manchester: Manchester UP.

McGann, Jerome. 1997. "Contemporary Poetry, Alternate Routes", n. pag. Online. Internet. 28 May 2002. Available http://www.english.upenn.edu/ ~afilreis/ 88/mcgann.html.

Miller, J. Hills. 1979. "The Critic as Host." in J. Hills Miller et al., *Deconstruction and Criticism*. New York: Continuum.

Miller, J. Hills. 2000. "Deconstruction and a Poem." in Nicholas Royle (ed.), *Deconstructions*. New York: Palgrave.

Mills, Sara. 1997. *Discourse*. London & New York: Routledge.

Perelman, Bob(ed.), 1985. *Writing / Talks*. Carbondale:Southern Illinois UP.

Perelman, Bob(ed.), 1987. Language Poetries: An Anthology. New York: New Directions.

Perelman, Bob. 1996. *The Marginalization of Poetry: Language Writing and Literary History*. Princeton: Princeton UP.

Rosenau, Pauline Marie. 1992. *Post-modernism and the Social Sciences: Insights, Inroads, and Intrusions*. Princeion : Princeton UP.

Showalter, Elaine. 1977. *A Literature of Their Own: British Women Novelists from Bronte to Lessing*. Princeton: Princeton UP.

Silliman, Ron. 1987. *The New Stence*. New York: Roof Books.

Thompson, Simon. 1998. "Postmodernism." In Adam Lend (ed.), *New Political Thought: An Introduction*. London: Lawrence Wishart.

Ward, Glenn. 1997. *Postmodernism*. London: Hodder Headline Plc.

Wood, Tim. 2001. "Charles Bernstein: Politics, Poetics, and Laughter against Tears." *arts DFW* (Aug. 2001) n. pag. Online. Internet. 22 Aug. 2001. Available. http://www.artsdfw.com/aticle.phtml?id_ serial=343.

Woods, Tim. 1999. *Beginning Postmodernism*. Manchester & New York: Manchester UP.

Cultural Map 14

台灣後現代詩的理論與實際

作　　者／孟樊
出 版 者／揚智文化事業股份有限公司
發 行 人／葉忠賢
總 編 輯／林新倫
執行編輯／閻富萍
美術編輯／黃威翔
登 記 證／局版北市業字第 1117 號
地　　址／台北市新生南路三段 88 號 5 樓之 6
電　　話／(02)2366-0309
傳　　真／(02)2366-0310
郵撥帳號／14534976　揚智文化事業股份有限公司
網　　址／http: //www.ycrc.com.tw
E-mail／book3@ycrc.com.tw
印　　刷／鼎易印刷事業股份有限公司
法律顧問／北辰著作權事務所　蕭雄淋律師
ISBN／957-818-456-5
初版一刷／2003 年 1 月
定　　價／新台幣 300 元

國家圖書館出版品預行編目資料

台灣後現代詩的理論與實際 ／孟樊著.- - 初版. --臺北市：揚智文化, 2003〔民 92〕
面：　公分. - -（Cultural map ： 14）

ISBN　957-818-456-5（平裝）

1. 中國詩—歷史—現代（1900-　）2.中國詩—評論

820.9108　　　　91019282